ALEXANDER MEINING

Mord im Ringpark

MÖRDERJAGD AM MAIN Die Depesche an die Königlich Bayerische Regierung ist vom Reichskanzler Bismarck persönlich. Sein Auftrag: Der Selbstmord des schwedischen Erbauers des Würzburger Ringparks, Jöns Lindahl, soll untersucht werden. Innenminister Freiherr von Feilitzsch beauftragt Georg Hiebler, den jüngsten Mitarbeiter im Ministerium, nach Würzburg zu fahren. Er soll Lindahls Freitod bestätigen. Der Fall muss rasch ad acta gelegt werden. Der ehrgeizige Hiebler will sich jedoch nicht mit einer Lappalie zufriedengeben. Für ihn ist bald klar, dass Lindahl ermordet wurde. Aber das Verbrechen scheint hier niemanden zu interessieren. Oberwachtmeister Deschel und Siebert, der Chef der Gendarmerie, machen sich nur über Hiebler lustig. Eine vermeintliche Spur zu den Theosophen, einer Gruppe Esoteriker, endet im Nichts. Und dann beginnt auch noch der Fasching. Hiebler zerbricht sich im wahrsten Sinne des Wortes den Kopf, bis ihm die Dienstmagd Rosa den entscheidenden Hinweis liefert.

Geboren und aufgewachsen ist Alexander Meining in München. Dort studierte er Geschichte und später Medizin. Mittlerweile lebt und arbeitet er in Würzburg. 2018 begann er, zunächst unter einem Pseudonym, zeitgenössische und historische Romane zu schreiben. Mit »Mord im Ringpark« startet er eine Reihe historischer Krimis mit dem schönen Würzburg des ausgehenden 19. Jahrhunderts als Kulisse. Reale Personen und historische Ereignissen bieten hierbei den Rahmen für fiktive Geschichten, bei denen der Schauplatz, die Epoche, die Charaktere und die Spannung im Vordergrund stehen.

ALEXANDER MEINING

Mord im Ringpark

Historischer Kriminalroman

GMEINER

Immer informiert

Spannung pur – mit unserem Newsletter informieren wir Sie regelmäßig über Wissenswertes aus unserer Bücherwelt.

Gefällt mir!

Facebook: @Gmeiner.Verlag
Instagram: @gmeinerverlag
Twitter: @GmeinerVerlag

MIX
Papier | Fördert gute Waldnutzung
FSC® C083411

Besuchen Sie uns im Internet:
www.gmeiner-verlag.de

Im Ehnried 5, 88605 Meßkirch
Telefon 07575/2095-0
info@gmeiner-verlag.de

1. Auflage 2022

Lektorat: Claudia Senghaas, Kirchardt
Herstellung: Mirjam Hecht
Umschlaggestaltung: U.O.R.G. Lutz Eberle, Stuttgart
unter Verwendung eines Bildes von: © https://commons.wikimedia.org/wiki/File:Fort_and_old_bridge,_Wurzburg,_Bavaria,_Germany-LCCN2002696196.jpg
Druck: CPI books GmbH, Leck
Printed in Germany
ISBN 978-3-8392-0284-5

Die meisten Personen und die Handlung sind frei erfunden. Ähnlichkeiten mit lebenden oder toten Personen sind rein zufällig und nicht beabsichtigt.

Personenregister historischer Personen

Jöns Persson Lindahl (Landschaftsarchitekt und Stadtgärtner der Stadt Würzburg)

Georg von Zürn (Oberbürgermeister der Stadt Würzburg)

Johann Georg Ritter von Steidle (Oberbürgermeister der Stadt Würzburg, Nachfolger von Georg von Zürn)

Maximilian Freiherr von Feilitzsch (Staatsminister des Innern, Königreich Bayern)

Luitpold von Bayern (Prinzregent des Königreich Bayerns)

Helena Blavatsky (Okkultistin und Gründerin der Theosophischen Gesellschaft)

Constance Gräfin von Wachtmeister (Mitbegründerin der Blavatsky-Loge)

Stadtplan von Würzburg 1888

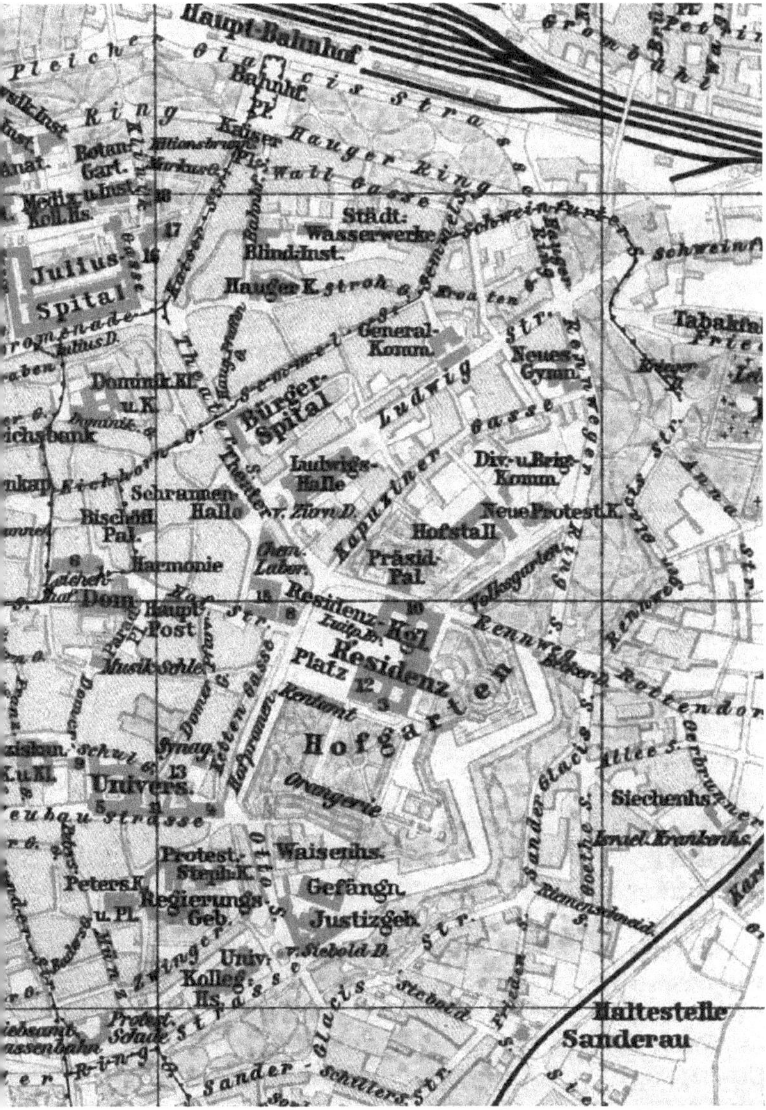
Haupt-Bahnhof
Bahnhf. Pl.
Glacis Strasse
Pleicher Ring
Hauger Ring
Grombühl
Botan. Gart.
Städt. Wasserwerke
Blind-Inst.
Julius-Spital
Hauger K.
General-Komm.
Neues Gymn.
Dominik.Kl. u.K.
Bürger-Spital
Ludwig
Schramen-Halle
Bischöfl. Pal.
Ludwigs-Halle
Div.-u.Brig.-Komm.
Neue Protest.K.
Hofstall
Präsid. Pal.
Harmonie
Dom
Haupt Post
Residenz-Platz
Kgl. Residenz
Hofgarten
Rennweg
Rottendorfer
Univers.
Orangerie
Siechenhs.
Waisenhs.
Protest. Steph.K.
Peters.K. u. Pl.
Regierungs Geb.
Gefängn.
Justizgeb.
Univ. Kolleg. Hs.
Zwinger
Sander Glacis S.
Haltestelle Sanderau
Tabakfa

Kapitel eins

Jöns Persson Lindahl warf nochmals einen kurzen Blick auf seine Taschenuhr, bevor er sie zurück in die Westentasche steckte.

Kurz vor drei Uhr nachmittags, dachte er sich. Obwohl es Ende November ist, müsste es noch gut zwei Stunden draußen hell sein. Genügend Zeit also, um in aller Ruhe die Parkanlage abzulaufen. Ich nehme meine übliche Runde am Hofgarten vorbei über den Sanderring bis zum Main. Zurück gehe ich dann durch die Innenstadt und kehre im *Bürgerspital* ein. Trinke einen Schoppen und esse zu Abend. Und später? Einen Ausflug in das Pleichviertel machen und den körperlichen Appetit befriedigen? Na ja, vielleicht besser nicht am Sonntag.

Lindahl schmunzelte. Er ging vom Salon in den Eingangsflur seiner Wohnung in der Ludwigstraße, zog sich zuerst das Jackett, dann den Mantel über und setzte anschließend seinen Hut auf. Er betrachtete sich kurz im Garderobenspiegel und zwirbelte mit etwas Speichel, den er zwischen Daumen und Zeigefinger verteilte, die Spitzen seines Schnurrbarts nach oben. Akkurat, wie die Hörner eines Wasserbüffels, ragten beide Enden links und rechts der Mundwinkel empor. Anschließend strich er sich mit der rechten Hand über die blond leuchtenden Haare seines Backen- und Kinnbarts. Mit graublauen Augen betrachtete er sich kurz im Spiegel, nickte sich selbst zufrieden zu und ging zur Eingangstür. Als er schon beinahe die Wohnung verlassen hatte, drehte er kurz um und griff sich einen großen schwarzen Regenschirm.

»Man kann nie wissen zu dieser Jahreszeit«, sagte er zu sich selbst, schloss die Tür und trat auf die Straße. Im Freien warf er einen prüfenden Blick nach oben. Es war bewölkt, sah aber nicht nach Regen aus.

Dann wandte er sich nach links und musterte das ihm bestens bekannte Haus in unmittelbarer Nachbarschaft. Fast alle Häuser in der Ludwigstraße waren nicht älter als 20 Jahre und im Gründerzeitstil erbaut. Mit dem wirtschaftlichen Aufschwung Mitte des Jahrhunderts wurden die Lücken in der barocken Bausubstanz der Stadt Würzburg mit prächtigen Wohnhäusern mit Stuck und Erkern gefüllt.

Lindahl versuchte, hinter den Fenstern seines Nachbarhauses Bewegungen oder Licht zu erkennen. Nichts tat sich. Wenn ich abends wieder zurückkomme, wird das sicher anders sein, dachte er. Dann wird gedämpftes Kerzenlicht durch das Fenster schimmern. Vielleicht wird man auch Geschrei, Gestöhne oder irgendwelche Gesänge bis auf die Straße hinunter hören. Wie jeden Sonntag wird sich der halbe Stadtrat in den Räumen der Gräfin von Wachtmeister versammelt haben. So sind sie, die Vertreter des Würzburger Großbürgertums: Morgens gehen sie in die Kirche, abends beschwören sie Geister und pflegen den Okkultismus.

Lindahl lächelte, dann drehte er sich nach rechts und ging mit dem Regenschirm als Gehstock die Ludwigstraße stadtauswärts zu der Parkanlage.

Ihm kamen einige Spaziergänger entgegen, die auf dem Weg in die Innenstadt waren. Manche starrten ihn an, gegrüßt wurde er nicht. Lindahl war bekannt in der Stadt. Nahezu jeder kannte den etwas gedrungen erscheinenden Mann mit den auffällig hellen Augen und dem blonden Bart. Er lebte nun seit mehr als sieben Jahren in Würzburg. 1880 wurde Lindahl vom damaligen Bürgermeister der Stadt, Georg von Zürn, damit beauftragt, aus der alten Abwehranlage um den Innenstadtbereich, dem Glacis, einen Park mit einer Ringstraße, ähnlich dem Wiener Vorbild zu gestalten. Am Anfang rief er neugieriges Interesse bei der Bürgerschaft hervor. Später wurde daraus Ärger, bis man ihm seit etwa einem Jahr fast nur noch Hass entgegenbrachte. Lindahl war der Außenseiter, den die Würzburger Gesellschaft nicht mehr duldete. Man sabotierte ihn, wo immer es ging. Die Bürgerschaft, aufgehetzt durch die lokale Presse, wollte das Ringpark-Projekt, sein Werk, sein Meisterstück, für das er Preise erhielt und sich einen Namen unter den Landschaftsingenieuren machte, nur mehr rasch zum Ende bringen. Er war nicht mehr erwünscht.

Lindahl war das inzwischen egal. Er ging gemächlichen Schrittes weiter durch die nördliche Parkanlage.

Wie ein Hufeisen legte sich der Park, vom Main ausgehend, um die Würzburger Innenstadt. Lindahls Absicht, auf dem zum Teil relativ schmalen Grünstreifen eine Landschaft zu gestalten, die dem Betrachter eine unendliche Weite suggerierte, war nicht einfach umzusetzen. Künstliche Hügel mussten angelegt, Talsenken gegraben werden. Die alten Pappeln der Wehranlage wurden entfernt, dafür pflanzte man die unterschiedlichsten Bäume aus allen Regionen Europas: Ulmen, Eschen, Eichen, Buchen, Birken – eine bunte Vielfalt an Hölzern. Nur wollte dies scheinbar keiner. Stattdessen beklagten sich die Einwohner der Stadt, dass man die vielen Pappeln gefällt hatte.

Lindahl setzte sich auf eine Bank und blickte in beide Richtungen. Runde Formen, gewundene Pfade, keine Kanten, keine Ecken, der Blick schweift dahin, ohne auf Grenzen zu stoßen – genau so, wie ich es mir vorgestellt habe. Dieser Park ist ein Kunstwerk – vergleichbar mit einer Kathedrale. Der alte Bürgermeister hat gewusst, dass die Schaffung von etwas Einzigartigem nun mal Zeit und Geld beansprucht. Diese Provinzler von heute denken immer nur kurzfristig: Schnell und billig muss es sein. Aber nicht mit mir. Ein Kunstwerk, das begonnen wurde, muss auch zu Ende gebracht werden. Mit dem nächsten Frühjahr werden die verbliebenen Lücken bepflanzt. Parallel zum Sanderring müssen noch Wege angelegt werden. Die Idee mit dem kleinen See nahe dem Main lasse ich mir auch nicht nehmen. Ich habe schließlich einen Vertrag, den Park nach meinen Wünschen und Vorstellungen gestalten zu können. Ein bis zwei Jahre müssen mich die Würzburger noch aushalten – und ich sie. Dann bin ich weg und gehe nach Erfurt, um mein nächstes Werk in Angriff zu nehmen. Sobald ich diese Stadt verlassen habe, bin ich mir sicher, dass man mich in ein paar Jahren vermissen wird – mich, den großen Landschaftsgestalter, Jöns Persson Lindahl. Vielleicht werden sie mir sogar irgendwann mal ein Denkmal bauen.

Lindahl zog sein Notizbuch aus der Manteltasche, skizzierte mit dem Bleistift im mittlerweile nur mehr spärlich vorhandenen Tageslicht ein paar Ideen und erhob sich lächelnd von der Bank. Mit der Dämmerung kam ein kühler Wind auf.

In Kristianstad ist es jetzt sicherlich schon finstere Nacht. Vielleicht liegt auch etwas Schnee. Er dachte an seine schwedische Heimat, seine Schwester, seine beiden Nichten und seine Neffen. Vielleicht werde ich auch nach Schonen zurückkehren. Ein, maximal zwei Jahre noch, um die Sache hier zu Ende zu bringen. Dann werden wir sehen: Erfurt oder zurück nach Schweden.

Lindahl seufzte kurz, dann zog er den Mantel enger und klappte den Kragen hoch. Zufrieden und mit sich selbst im Reinen ging er weiter durch den Park.

Im Abstand von 20 Metern folgte ihm eine in einen dunklen Mantel gehüllte Gestalt. Seit Lindahl seine Wohnung verlassen hatte, war die Person sein stummer und unbemerkter Begleiter gewesen.

Lindahl wanderte an den Mauern der Würzburger Residenz vorbei und klopfte mit der Spitze des Regenschirms das künstliche Bachbett ab, welches im Frühjahr mit Wasser gespeist werden sollte. Dergleichen Wasserspiele waren kostspielig und mühsam anzulegen. Viel Gestein musste umgeschichtet und das Wasser über lange Rohrleitungen aus unterirdischen Bächen hochgepumpt werden. Aufwändig, aber notwendig, dachte er. Nur durch Wasser wirkt die Parklandschaft in ihrer Natürlichkeit authentisch.

Lindahl blieb stehen, knöpfte Mantel und Jackett auf und warf einen Blick auf seine Taschenuhr. Er war inzwischen eine Stunde unterwegs, die Sonne würde in wenigen Minuten untergehen. Da der Park unbeleuchtet war, beschloss er, über die Ottostraße den Weg in die Innenstadt anzutreten. Die zentralen Straßen waren mittlerweile alle mit Gaslaternen ausgestattet. Bevor er seine Jacke wieder zuknöpfte, warf er einen Blick auf die gegenüber dem Park liegende Toilettenanlage. Der Druck in der Blase, den er jetzt wahrnahm, überzeugte ihn, der Anlage einen kurzen Besuch abzustatten.

Er überquerte die Straße und betrat die Toilette. Das Licht der untergehenden Sonne reichte gerade noch aus, um die Rinne des Pissoirs zu erkennen. Lindahl öffnete den Hosenlatz, hakte den Griff des Regenschirms an seinem linken Unterarm ein, begab sich in Position vor der Rinne und begann zu urinieren.

Im gleichen Moment hörte er, wie sich die Tür der

Toilettenanlage mit leisem Quietschen öffnete. Er vernahm Schritte einer Person, die sich ihm rasch näherte.

Schließlich sah er einen Schatten im rechten Augenwinkel. Er war gerade dabei, seine Hose wieder zuzuknöpfen, als er einen kalten Gegenstand an der rechten Schläfe spürte. Verwirrt drehte er sich zur Seite. Dann fiel ein Schuss. Der Lärm der Explosion in der gekachelten Anlage war ohrenbetäubend laut. Lindahl hörte ihn nicht mehr. Er war sofort tot. Sein lebloser Körper sackte zu Boden.

Lindahls Mörder blickte sich um und legte den abgefeuerten Revolver in die rechte Hand des Toten. Dann verließ er rasch den Tatort und verschwand unbemerkt im mittlerweile finsteren Ringpark.

Kapitel zwei

Georg Hiebler stand um 7 Uhr morgens vor dem Waschschrank in dem Zimmer, das er als Untermieter nach dem Auszug von zu Hause bezogen hatte. Er klappte das Rasiermesser zusammen, legte es auf den Tisch, wischte mit einem Handtuch die Rasierschaumreste weg und spritzte sich anschließend reichlich kaltes Wasser ins Gesicht. Dann verteilte er schwarze Haarwichse aus einer kleinen Blechdose auf seinem Kamm, scheitelte zunächst von rechts nach links sein Haupthaar und anschließend, von der Mitte über seiner Lippe ausgehend, nach beiden Seiten den Schnurrbart. Er betrachtete sich im Spiegel und sinnierte kurz über die letzten Monate. Mit 25 Jahren hatte er vor einem Jahr sein Studium der Rechtswissenschaften mit Bravour absolviert. Seitdem arbeitete er als Assessor im Innenministerium. Mit dem Beruf folgte der Auszug aus dem elterlichen Haus in München-Neuhausen. Jetzt wohnte er als Untermieter in der Luisenstraße fast im Zentrum der Residenzstadt und Hauptstadt des Königreichs Bayern. Als gebürtiger Münchner war er vertraut mit den Gepflogenheiten der Stadt. Er wusste, wo es lebenswert war und welche Gegenden man lieber meiden sollte. Die

Abende verbrachte er oft mit den ehemaligen Kommilitonen und verbliebenen Freunden der Studentenverbindung. Am Wochenende besuchte er die Eltern.

Georg Hiebler führte ein komfortables Leben. Sein Vater, ein vermögender Kaufmann, hatte ihm den Luxus eines Studiums gewährt, die Mutter verhätschelte ihren Sohn, wann immer sie die Gelegenheit dazu hatte, und die sieben Jahre jüngere Schwester himmelte ihn an. Er war gut aussehend, intelligent, reich und stand am Beginn einer vielversprechenden Beamtenkarriere.

Hiebler zog mit dem Kamm erneut den Scheitel nach. Jede Haarsträhne musste genau den ihr vorbestimmten Platz auf seinem Haupt finden. Dann versprühte er etwas Rasierwasser über Wangen und Hals, zog sich Hemd, Kragen, Schlips und Hose an und ging zum Schrank, um in Anzug, Mantel und Schuhe zu schlüpfen. Er setzte seinen Hut auf, warf einen kurzen Kontrollblick auf den Garderobenspiegel und verließ das Haus.

Es war ein kalter, aber trockener Januartag.

20 Minuten später war Hiebler im Innenministerium. Er ging in die winzige Schreibstube in den vierten Stock unter dem Dach des Ministeriums, die ihm als Arbeitsplatz zugeteilt worden war. Hier hängte er Mantel und Hut an zwei an der Tür befestigte Haken und setzte sich an den Schreibtisch. Wie immer blickte er als Erstes auf den Poststapel, der ihm tagtäglich morgens von einem Büroboten auf den Schreibtisch gelegt wurde. Er begann,

die Postumschläge zu öffnen, den Inhalt zu überfliegen und anschließend die Briefe thematisch zu sortieren.

Als er gerade mit der Antwortkorrespondenz beginnen wollte, klopfte jemand laut an der Tür.

»Ja bitte«, sagte Hiebler, als im gleichen Moment die Tür geöffnet wurde. Ein heftig schwitzender, untersetzter Mann trat ein. Hiebler hatte die Person noch nie zuvor gesehen.

»Meine Güte, waren das viele Treppen«, stöhnte der Mann schwer atmend. »Dass man die Assessoren und Berufsanfänger immer im obersten Stock unterbringen muss ...«

Der Mann kramte ein weißes Taschentuch aus seiner Hosentasche und tupfte sich die Stirn ab. Er hatte nur eine Weste über dem Hemd an, dafür trug er weiße Ärmelschoner, die mit einem schwarzen Band am Oberarm befestigt waren.

»Göbele ist mein Name«, sprach der Mann weiter. »Büro des Herrn Ministers. Sie sind der neue Assessor?«

»Das ist korrekt«, antwortete Hiebler und stand auf. »Georg Hiebler. Obwohl ich schon seit einem Jahr hier tätig bin.«

»Dennoch sind Sie unser Jungspund, Herr Assessor Hiebler – frisch, fromm, fröhlich und frei!«, fuhr Göbele mit einem Kichern fort. »Und genau aus diesem Grund wünscht der Herr Minister, Maximilian Alexander Freiherr von Feilitzsch, mit Ihnen zu sprechen! Wenn Sie mir bitte folgen, ich darf Sie begleiten. Die Treppe runter geht auch etwas leichter für mich.«

Hiebler war nun mehrfach verwirrt: Wer ist Herr Göbele? Was will, um Himmels willen, der Minister von mir? Und warum soll ausgerechnet ich zum Minister, wo ich doch scheinbar der jüngste und unerfahrenste Beamte im gesamten Ministerium bin?

Er schob nachdenklich die Unterlippe nach vorne. Stumm begleitete er den dicken und immer noch schwer atmenden Mann. Hiebler war ein rationaler Mensch. Für ihn gab es für alles eine Erklärung. Er schätzte es, Daten zu sammeln, nach Fakten zu suchen, diese auszuwerten, Schlüsse zu ziehen und, darauf basierend, Entscheidungen zu treffen. Aus diesem Grund hatte er Rechtswissenschaft studiert, daher wurde er Assessor im Innenministerium. So plötzlich und ohne Grund vom Minister persönlich zum Gespräch geladen zu werden, bereitete ihm Kopfzerbrechen. Für ihn war dies ein unbekannter und daher auch unbequemer Zustand.

»So, Herr Hiebler, jetzt müssen Sie bitte noch einen kleinen Moment warten«, sagte Göbele schließlich, als sie im ersten Stock ein großes Büro betraten. Er ging direkt weiter zu einer dunklen Eichentür am Ende des Raums, klopfte kurz, horchte an der Tür, öffnete sie und verschwand im Zimmer des Ministers.

Hiebler sah sich währenddessen in Vorzimmer um. Er sah drei Schreibtische. Zwei der Tische waren besetzt mit älteren grauen Männern, die wie Göbele nur eine Weste und Ärmelschoner trugen. Die Herren warfen einen kurzen Blick auf ihn, bevor sie ihre Tätigkeit fortsetzten. Der dritte Schreibtisch war leer. Hiebler vermutete, dass es sich hier um Göbeles Arbeitsplatz handelte.

Schließlich öffnete sich die Eichentür, durch die Göbele zuvor verschwunden war.

»Herr Hiebler, Sie dürfen jetzt eintreten«, sagte er. »Seine Exzellenz, der Herr Minister, erwartet Sie.«

Hiebler richtete sich Schlips und Kragen, atmete tief ein und ging mit raschem Schritt durch die Tür.

Der Raum, den er betrat, war etwa doppelt so groß wie das Vorzimmer. Am hintersten Ende, an einem gewaltigen Schreibtisch sitzend, sah er Freiherr von Feilitzsch. Hinter ihm hing an der Wand ein Gemälde Seiner Majestät, des Prinzregenten Luitpold von Bayern. Im Gegensatz zu dem prächtigen Erscheinungsbild des Prinzregenten in leuchtend blauer Uniform, unzähligen Orden und mächtigem, bis zur Brust reichendem, grau meliertem Bart, wirkte der Minister eher schlicht, banal und fast kümmerlich. Hiebler sah einen kleinen, zarten Mann mit Segelohren, langer Nase und Glatze. Er trug einen einfachen schwarzen Anzug, am rechten Auge klemmte ein Monokel. Der Minister signalisierte mit einer Handbewegung zunächst Göbele, den Raum zu verlassen, dann blickte er kurz auf Hiebler.

»Kommen Sie näher!«, sagte er mit leiser Stimme.

Hiebler machte eine Verbeugung und stand stramm.

»Herr Minister, Georg Hiebler, es ist mir …«, begann Hiebler.

»Na kommen Sie schon!«, unterbrach ihn der Minister, »nehmen Sie Platz!«

Ohne aufzublicken, wies er Hiebler mit einer Handbewegung den linken Stuhl vor seinem Schreibtisch zu.

Hiebler verbeugte sich erneut, ging nach vorne und setzte sich.

Nach einer Weile klappte von Feilitzsch eine vor ihm liegende Mappe zu und blickte mit einem milden Lächeln auf.

»Soso, Rechtsassessor sind Sie?«, begann er. »Seit einem Jahr hier angestellt. Vor knapp 20 Jahren war ich auch Assessor. Dann wurde ich Regierungsrat, Oberregierungsrat, Präsident der Regierung von Oberbayern – und das ich als Franke – und schließlich bin ich Innenminister geworden. Vielleicht steht Ihnen auch mal so eine Karriere bevor, Herr …«

»Hiebler, Eure Exzellenz, Georg Hiebler«, unterbrach ihn Hiebler unterwürfig.

»Mir ist bekannt, wie Sie heißen«, fuhr Feilitzsch fort. »Ich habe Ihre Akte gelesen. Sie haben einen guten Leumund und hervorragende Abschlussnoten. Sie sind jung und gescheit. Aus Ihnen könnte was werden. Sie müssten nur mal den Ort wechseln, andere Plätze in unserem schönen Königreich besuchen.«

Feilitzsch warf einen strengen Blick auf Hiebler.

»Sie sind Münchner. Wie sehr hängen Sie an Ihrer Heimatstadt?«, fragte er. »Ich kenne die Münchner. Unbeweglich wie diese riesigen Bierfässer, die sie so gerne leer trinken. Rollen höchstens mal von einem Stadtviertel in das benachbarte Viertel. Die Isar erscheint ihnen als unüberwindliche Barriere. Für jemanden, der links der Isar großgeworden ist, ist Haidhausen Terra incognita. Haben Sie Frau und Kind hier in der Stadt – oder eine Liebschaft?«

»Ich … ich«, stammelte Hiebler, »nein, Herr Minister. Ich bin zwar Münchner, aber selbstverständlich als Beamter Seiner Majestät dem Dienst und nicht dem Privaten verpflichtet. Wenn Seine Exzellenz wünschen, dass …«

»Hiebler, Sie sind in München geboren, hier zur Schule gegangen, haben in München studiert, leben und arbeiten hier. Wollen Sie Karriere machen oder nicht? Wenn ja, müssen Sie flexibel sein.«

»Herr Minister, ich … ja … natürlich, ich bin flexibel«, stotterte Hiebler.

»Na gut, dann lassen Sie mich zum Punkt kommen. Wir sind beide Rechtswissenschaftler, und dennoch sind wir hier im Innenministerium tätig. Wir haben daher auch die Verpflichtung, dem Wohle des Volkes und Seiner Majestät zu dienen. Seit ich Minister bin, hat sich viel getan, Hiebler. Die Reichsgründung, die Abkehr Bayerns von Frankreich und Österreich und die Zuwendung hin zu den Preußen. Das war eine richtige politische Entscheidung. Bayern geht es gut im Reich, die Städte wachsen, die Bürger werden wohlhabend. So soll es bleiben! Die Angelegenheit, mit der ich Sie betreuen möchte, ist daher – sagen wir es so – eher politischer Natur und nicht nur im Interesse des Königreichs Bayerns, sondern des gesamten Deutschen Reichs.«

Feilitzsch musterte Hiebler intensiv.

Hiebler hielt seinem Blick stand. Weniger als die Frage der überregionalen Politik beschäftigte ihn im Moment, wie ein Monokel so stabil trotz unterschiedlicher Kopfbewegungen des Trägers in Position bleiben konnte.

Schließlich wandte sich Feilitzsch ab und griff nach einem Schriftstück.

»Dies ist eine Depesche aus Berlin, die mir direkt über den Reichskanzler Bismarck zugesandt wurde«, fuhr Feilitzsch fort und hielt das Schriftstück hoch.

»Vor einigen Tagen wurde der Reichsregierung eine diplomatische Note des Botschafters des Königreichs Schweden überreicht.«

Feilitzsch begann nun, aus dem Text zu lesen. »Eine gewisse Hedda Malmström, geborene Lindahl, aus Kristianstad hat die schwedischen Behörden kontaktiert. Ihr Bruder, ein Herr Jöns Persson Lindahl, sei am 27. November 1887, also vor zwei Monaten, in Würzburg umgekommen. Er wurde mit einem Revolver in der Hand erschossen nahe einer Parkanlage gefunden. Die Gendarmerie Würzburg hat ermittelt und einen Suizid verständlicherweise als Todesursache dokumentiert. Die Schwester des Getöteten bestreitet nun diese Version, will sie doch aus diversen Briefen ihres Bruders nie auch nur den Anflug von Melancholie festgestellt haben. Auch schien dieser Herr Lindahl in seiner Tätigkeit als Landschaftsingenieur in Würzburg nicht allzu beliebt gewesen zu sein. Er beschwerte sich in den Briefen an die Schwester über die Ignoranz und Provinzialität der unterfränkischen Bevölkerung, versprach jedoch, seinen Auftrag vertragskonform zu erledigen. Frau Malmström vermutet daher ein Gewaltverbrechen.«

Feilitzsch legte die Depesche zur Seite und blickte auf Hiebler.

»Liest sich wie die Wahnvorstellungen eines hysterischen Weibsbilds. Natürlich hat sich dieser Schwede selbst erschossen«, sagte Feilitzsch. Er schnaubte kurz und schüttelte verächtlich den Kopf.

»Ein Gewaltverbrechen, das einen Suizid vortäuschen soll? Mit einem Revolver? In Würzburg? Unvorstellbar! Dieser Gärtner war wahrscheinlich beruflich gescheitert, hatte Heimweh oder eine unglückliche Liebschaft hinter sich. Was soll es denn sonst gewesen sein?«

Hiebler nickte bestätigend.

»So weit, so gut, Hiebler, jetzt fragen Sie sich nur, warum ich mich mit dieser Lappalie beschäftigen muss und ausgerechnet Sie deswegen hierher beorderte«, fuhr Feilitzsch fort. »Ganz einfach: Die Geschichte ist politisch geworden. Es gibt ein nationales Interesse an der Aufklärung der Angelegenheit. Zwischen dem Deutschen Reich, England und Frankreich baut sich zunehmend eine Front auf. Da muss man sich Verbündete suchen. Die Reichsregierung hat daher ein sehr großes Interesse an einer Verstärkung der diplomatischen Beziehungen zu den skandinavischen Ländern und vor allem zu Schweden. Der schwedische König scheint ein großer Freund Deutschlands zu sein, und wir brauchen Bündnispartner. Es muss daher alles unternommen werden, um hier vollste Kooperationsbereitschaft zu demonstrieren. Aus diesem Grund war der Reichskanzler eingeschaltet. Und jetzt liegt die Depesche eben auf meinem Schreibtisch. Sie verstehen, Hiebler, oder?«

»Absolut, Herr Minister!«, antwortete er.

Feilitzsch nickte.

»Darf ich nur nachfragen, inwieweit meine Person zur Lösung dieser politischen Angelegenheit beitragen kann?«, hakte Hiebler nach.

Feilitzsch stutzte kurz.

»Na, Sie, Herr Assessor, begeben sich nach Würzburg. Sie nehmen mit der dortigen Gendarmerie Kontakt auf und sammeln ein paar Daten und Dokumente. Anschließend kehren Sie wieder zurück nach München mit dem Beweis, dass ein Gewaltverbrechen ausgeschlossen ist. Ich schreibe dem Kanzleramt in Berlin, und die Sache ist erledigt! Ich dachte, dass ich mich eindeutig ausgedrückt hätte.«

»Selbstverständlich, Eure Exzellenz!«, erwiderte Hiebler. »Darf ich fragen, wann ich fahren soll und an wen ich mich in Würzburg wenden soll?«

Feilitzsch schob die Augenbrauen zusammen.

»Das muss ich Ihnen nun als Minister nicht wirklich beantworten, oder?«, sagte er mit vorwurfsvollem Unterton in der Stimme und signalisierte ihm mit einer Handbewegung, dass er sich entfernen dürfe.

Hiebler verstand. Er erhob sich und machte eine tiefe Verbeugung. »Vielen Dank, Herr Minister! Vielen Dank auch für Ihr Vertrauen in meine Person!«

Feilitzsch antwortete nicht. Er blickte auf seinen Schreibtisch und klappte die bei Hieblers Eintreffen geschlossene Mappe wieder auf.

»Danke, Exzellenz!«, sagte Hiebler erneut, drehte sich um und durchquerte den Raum.

Er hatte bereits die Türklinke in der Hand, als ihm Feilitzsch hinterherrief: »Ach, und eine Sache noch! Ich denke nicht, dass ich Sie darauf hinweisen muss, dass Sie keiner Seele von unserer Unterredung berichten dürfen. Sie weisen sich in Würzburg als Ministeriumsmitarbeiter aus, dem Einblick in alle Unterlagen gestattet ist. Göbele wird Ihnen ein entsprechendes Dokument ausstellen. Wenn man Sie nach den Hintergründen Ihrer Untersuchung fragt, verweisen Sie auf Ihre Schweigepflicht. Wir haben uns verstanden?«

»Selbstverständlich, Herr Minister!«, antwortete Hiebler und schritt durch die Tür.

Als Hiebler wieder am Schreibtisch seiner Stube unter dem Dach des Ministeriums saß, dachte er nach. Wie immer versuchte er, Fakten zu sammeln, Schlüsse zu ziehen und Ergebnisse festzuhalten. Es gelang ihm nur bedingt. Warum wurde ausgerechnet er ausgewählt, einer Sache nachzugehen, die doch eigentlich schon erledigt war? Sollte er das Feigenblatt sein, der Beleg, dass mit Ernsthaftigkeit und Sorgfalt ein Zwischenfall untersucht wurde, der eigentlich überhaupt nicht von Interesse war?

Und dann das Gerede von Karriere und Reisewilligkeit. Wurde er mit der Aufgabe betraut, da man sich von ihm erwartete, dass er am wenigsten anecken würde? Ein junger und unerfahrener Assessor, der aus Angst um seine Karriere nur ja nicht die falschen Fragen stellte oder gar Ungereimtheiten aufdeckte?

So wird es sein, dachte sich Hiebler. Man will gar nicht, dass ermittelt wird. Aber nicht mit mir. Wenn ich etwas angehe, dann vernünftig – auch wenn der Minister andere Vorstellungen hat. Da macht mir mein oberbayerischer Sturkopf einen Strich durch die Rechnung. Soll Feilitzsch doch Göbele oder sonst irgendeinen seiner Lakaien schicken, wenn er gar kein Interesse an der Aufklärung der Sache hat.

Eine Woche später saß Hiebler voller Tatendrang im Zug nach Würzburg. Mit Ausnahme einiger weniger Ausflüge in die Vorstadt war es in der Tat das erste Mal, dass er München verließ. Er freute sich auf den Aufenthalt in der fremden Stadt und die Aufgabe, die ihn dort erwartete.

Kapitel drei

Hiebler kam am Nachmittag des 30. Januar 1888 am neuen Würzburger Hauptbahnhof an. Die Stadt zeigte sich für einen Wintertag von ihrer freundlichen Seite. Es war zwar mit knapp über dem Gefrierpunkt kühl, aber die Sonne schien und es war windstill. Hiebler stellte seine Reisetasche auf dem Bahnsteig ab und blickte sich um. Hinter dem Bahnhof ging es steil einen Hang bergauf, vor ihm lag die Stadt. Die Hügel waren braun und baumlos. Stattdessen sah er Felder, die er momentan nicht richtig einordnen konnte. In akkurat angelegten Reihen mit ein bis zwei Metern Abstand standen etwa 70 Zentimeter hohe Pflöcke Spalier. Die gesamte Erhebung war voll damit. Die Pflöcke sahen aus wie knorrige Holzkeulen, die man in den Boden gerammt hatte. Er überlegte, um was es sich hierbei handelte. Dergleichen hatte er bisher noch nie gesehen.

Ein Passant, der Hieblers Ratlosigkeit erkannte, gab ihm die Antwort: »Beeindruckend, oder? Das ist der Würzburger Stein«, sagte er. »Hier wächst der beste Wein der Welt – zumindest für uns Unterfranken!«

Hiebler nickte. »Ah, Rebstöcke!«, sagte er.

»So ist es! Unser Silvaner, um genau zu sein«, erklärte der Mann weiter. »In sechs Monaten ist hier alles grün, in acht Monaten hängen die Trauben an den Stöcken. Mitte September erfolgt die Weinlese.«

Hiebler nickte stumm. Ihm war die eigene Unwissenheit peinlich. Da hatte man studiert, arbeitete im Ministerium des Königreichs Bayern und konnte nicht mal Rebstöcke erkennen. Für ihn war Wein immer ein fremdes Getränk gewesen. Etwas, das aus Frankreich oder Italien kam und nur zu besonderen Anlässen getrunken wurde. Für ihn als Münchner gab es nur Bier und Wasser.

»Sie sind aber nicht von hier, oder?«, sprach der Mann weiter.

Hiebler lächelte verlegen, nahm seine Tasche und wandte sich ab, ohne eine Antwort zu geben.

Vom Bahnsteig aus durchquerte er die Bahnhofshalle. Vor dem Gebäude öffnete sich ein kleiner Platz. Er ließ sich die Sonne ins Gesicht scheinen und warf einen Blick auf die Stadt. Hiebler sah ein halbes Dutzend Kirchtürme auf engsten Raum über die Dächer der Innenstadt hinausragen. In das Zentrum führte eine Straße mit breiten Gehwegen und vielen Geschäften unterschiedlichster Art an beiden Seiten. Um zur Straße zu kommen, musste man den Bahnhofsvorplatz überqueren. Dieser ging wiederum links und rechts in eine Parkanlage über. Die Bäume des Parks waren relativ niedrig, es gab fast nur abgesperrte Areale. Die vielen Passanten auf dem Weg zum oder vom Bahnhof weg quälten sich über sandige Wege. Neben den befestigten Wegen waren vereinzelt Pflastersteine aufgehäuft und Sand zu kleinen Hügeln aufgeschüttet.

Eine Baustelle, dachte Hiebler. Die Baustelle eines Parks – Lindahls Parks.

Hiebler ließ sich mit dem Fußgängerstrom mitreißen, überquerte den Platz und ging durch die Kaiserstraße bis zur Theaterstraße. Auf dem Weg sah er viele Pensionen und Hotels. Diese erschienen ihm jedoch entweder zu luxuriös oder aufgrund der Lage an der Einkaufsstraße zu laut. Er ging ein Stück weiter und sah in der Ferne ein riesiges Gebäude mit üppigen Verzierungen und in Stein gehauenen Figuren ockerfarben glänzend. Das muss die Residenz sein, dachte er sich. So groß und doch so zentral in der Stadt gelegen.

Als Hiebler auf Höhe der Semmelstraße ankam, ging er ein Stück stadtauswärts, bis er eine Pension fand, die er sich zumindest von innen ansehen wollte. Die Fassade wirkte einladend und sauber. An der Tür hing ein Schild mit der Aufschrift »Pension Altbayern«.

»Passt doch hervorragend«, murmelte er schmunzelnd und trat ein.

Von der Eingangstür führte ein kurzer und schmaler Flur zu einem Tresen. Dahinter sah er ein hölzernes Regal mit fünf Fächern und mit Messing beschlagenen Schildern mit den jeweiligen Zimmernummern. Zwei Schlüssel hingen an Haken vor den Fächern. Auf dem Rezeptionstisch stand eine Glocke mit einem handgeschriebenen Zettel davor: »Bei Abwesenheit bitte klingeln!«

Hiebler drehte sich nach rechts und blickte in einen offenen Raum. Über dem Türrahmen hing ein Schild mit der Aufschrift »Frühstückssaal«. Er trat in den Raum, der freundlich und einladend wirkte. Durch die Fenster drang das helle Licht der Nachmittagssonne. Er sah drei runde Tische mit jeweils vier Stühlen. Zentral zwischen zwei Fenstern hing ein Porträt des Prinzregenten Luitpold – ein Mann mit strahlenden Augen, leuchtend blauer Uniform, auf der zahlreiche Orden befestigt waren, und mächtigem, bis zur Brust reichendem, grau meliertem Bart.

»Kann ich Ihnen helfen?«, hörte Hiebler plötzlich eine weibliche Stimme hinter seinem Rücken.

Er drehte sich rasch um und sah im Türrahmen eine stämmige, etwa 50 Jahre alte Frau stehen. Sie trug eine Hausarbeitsschürze über einem schwarzen Kleid. Ihre Backen strahlten rot, und ihre teils blonden, von grauen Strähnen durchzogenen Haare waren geflochten und zu einem Haarkranz hochgebunden.

»Ja!«, erwiderte Hiebler, »ich bin auf der Suche nach einer Unterkunft.«

»Na, dann kommen S' mal mit zur Rezeption!«, sagte die Frau. Sie sprach zu Hieblers Überraschung mit oberbayerischem Akzent.

Die Frau kramte hinter dem Tresen an der Rezeption ein Buch und einen Stift hervor.

»Wie lange wollen Sie denn bleiben?«, fragte sie.

»Zunächst mal eine Woche«, antwortete Hiebler. »Vielleicht aber auch länger.«

»Eine Woche mit Frühstück kostet sieben Mark. Bezahlt wird im Voraus. Und: keine Damenbesuche! Dies ist ein anständiges Haus!«

Hiebler nickte.

»Na gut! Dann brauche ich Ihren Namen, Wohnort und Zweck der Reise.«

»Georg Hiebler, München, geschäftlich!«

Die Frau notierte Hieblers Angaben in das Buch.

»Sie kommen aber auch nicht von hier?«, fragte Hiebler währenddessen.

»Da haben Sie recht«, antwortete die Frau lächelnd, klappte das Buch wieder zu und verstaute es hinter dem Tresen. »Ich komme aus der Ingolstädter Gegend, aus Neuburg an der Donau. Vor 30 Jahren bin ich meinem Mann hierher gefolgt. Seitdem führe ich diese Pension. Bis vor zwei Jahren gemeinsam mit meinem Mann, seit seinem Tod alleine. Kinder waren uns nicht vergönnt.«

»Das tut mir leid.«

»Braucht Ihnen nicht leidtun. Mit den Kindern ist es halt manchmal so, und was meinen Mann, den Leopold, betrifft, der ist betrunken von einer Kutsche überfahren worden. Sie haben ja keine Ahnung, wie das hier im Sommer ist. Ein Weinfest nach dem anderen, und die ganze Stadt ist besoffen. Kein Wunder, wenn dann solche Unfälle passieren.«

Hiebler blickte sie überrascht an.

»Na ja, jetzt mach ich es halt alleine, und aus der *Pension Reckziegel* wurde eben die *Pension Altbayern*«, sagte sie mit einem gewissen Stolz in der Stimme.

»Sie sind dann also Frau Reckziegel?«, fragte Hiebler.

»Das bin ich, Balbine Reckziegel«, antwortete die Frau lächelnd.

Hiebler reichte ihr die Hand. »Georg Hiebler aus München«, erwiderte er. »Aber das wissen Sie ja bereits.«

Sie schüttelten sich die Hände.

Frau Reckziegel griff nach einem Schlüssel in dem Regal hinter sich.

»Freut mich, Herr Hiebler! Hier ist Ihr Zimmerschlüssel. Die Eingangstür wird um 20 Uhr abends verschlossen. Dafür ist der kleine Schlüssel am Bund. Frühstück gibt es zwischen 7 und 8 Uhr. Kleinere Mahlzeiten dürfen Sie auf dem Zimmer zu sich nehmen. Ansonsten gibt es hier in der Gegend viele Möglichkeiten einzukehren.«

Er nahm den Schlüsselbund mit einem kurzen Nicken entgegen und kramte aus seiner Geldbörse sieben Mark hervor.

»Besten Dank!«, erwiderte Frau Reckziegel und nahm das Geld. »Ach, und eine Sache noch: Bis zum elften Februar können Sie hier gerne bleiben, dann bin ich wegen einer großen Veranstaltung ausgebucht. Vom elften bis zum 15. Februar ist der Kongress der Theosophischen Gesellschaft. Es werden mehr als 300 Teilnehmer erwartet. Hier, in Würzburg! Stellen Sie sich das vor!«

Frau Reckziegel lächelte erwartungsfroh.

»Ich denke, dass meine Geschäfte bis dahin erledigt sind«, meinte Hiebler, griff sich seine Tasche und ging in Richtung Treppenhaus.

Theosophische Gesellschaft? Was soll das denn sein?, dachte er und ging die Treppe hoch.

»Erster Stock! Zimmer drei«, rief ihm Frau Reckziegel hinterher.

Am nächsten Tag begann er, die in der Depesche aus Berlin übermittelten Vorwürfe zu untersuchen. Hiebler begab sich auf Spurensuche. Zunächst führte ihn sein Weg von der Pension in der Semmelstraße zur Residenz, dem prächtigen Barockbau, der früher den Würzburger Fürstbischöfen und nun der königlichen Familie als Unterkunft diente. Schon als Schulkind hatte Hiebler gelernt, dass der regierende Prinzregent in eben jener Residenz im Jahre 1821 als fünftes Kind Seiner Majestät, König Ludwig I., geboren wurde.

Beeindruckt von den Ausmaßen des Gebäudes, den Statuen und sonstigen Verzierungen stand Hiebler auf dem Residenzplatz und suchte die Fassade nach Personen oder Licht hinter den Hunderten von Fenstern ab. Er sah nichts dergleichen. Vor dem Haupteingang patrouillierten Soldaten in Prachtuniform. Hiebler fragte sich nach der Sinnhaftigkeit der scharfen Bewachung eines Gebäudes, welches fast immer leer stand und eigentlich unbewohnt und damit ungenutzt war.

Dann ging er weiter und versuchte, einen Blick in den winterlichen Residenzgarten zu werfen. Aufgrund der Absperrung des Platzes sah er nur wenig, es schien jedoch ein ausladender und akkurat gepflegter Garten zu sein – ähnlich dem Park von Schloss Nymphenburg in seiner Münchner Heimat. Hiebler wanderte die Promenade weiter, bis er zur Ottostraße kam. Von hier aus sah er den Ort, an dem Lindahl tot aufgefunden worden war: die Toilettenanlage und dahinter den Ringpark. Jetzt verlangsamte er seinen Schritt. Jedes Haus, jeder Baum, jedes Detail wurde aufmerksam von ihm registriert. Schließlich ging er in die Toilettenanlage. Mit einem leichten Quietschen fiel die Tür hinter ihm ins Schloss. Er war die einzige Person in dem Häuschen. Gut so, dachte er sich. Dann blickte er sich um. Er sah das Pissoir mit den länglichen Fenstern oberhalb der Rinne, durch die helles Tageslicht schien. Hinter ihm waren drei Kabinen für das größere Geschäft. Hiebler stellte sich vor die Rinne, öffnete seine Hose und urinierte. Als er fertig war, knöpfte er die Hosenknöpfe zu und wusch sich im Waschbecken neben dem Pissoir die Hände. Anschließend legte er sich den noch nassen ausgestreckten Zeigefinger seiner rechten Hand an die Schläfe.

»Peng!«, rief er laut und begann zu torkeln.

Dann blieb er stehen, verschränkte die Arme vor der Brust und murmelte vor sich hin: »Ich leide unter Melancholie und fühle mich unnütz. Meine Mitmenschen hassen mich. Ich bin einsam und der Welt überdrüssig. Das Leben ergibt keinen Sinn. Ich setze mir meinen Revolver an die Schläfe und erschieße mich.«

Hiebler sah sich erneut um. Er schnüffelte und roch den Gestank von Urin und Fäkalien. »Und wo erschieße ich mich am besten? Hier? Möchte ich wirklich, dass meine Leiche neben einem stinkenden Pissoir gefunden wird? Würde ich mich nicht lieber zu Hause, auf dem eigenen Bett liegend, erschießen? Oder besser aufhängen an einem der Bäume hier im Park – meinem Park? Das hätte etwas Symbolisches, etwas Bleibendes.«

Er schob die Unterlippe vor und schüttelte langsam den Kopf. Dann verließ er die Toilettenanlage und überquerte die Straße zum Ringpark. Auch hier schritt er bedächtig voran und ließ alle Eindrücke auf sich wirken.

Eigentlich ein schöner Park, dachte Hiebler. Viele Bäume, gepflegte Wege und vor allem ein Park, der im Gegensatz zur Residenz jedermann offen steht. Ein bisschen so wie der Englische Garten in München. Nur kleiner, aber dafür eleganter mit mehr Bäumen und verschlungeneren Wegen.

Er stellte sich vor, wie es hier im Frühling oder Sommer sein könnte, wenn alles grün war, man unter schattigen Bäumen die gute Luft genießen kann und Ruhe und Erholung vom Alltag suchte.

Sieben Jahre soll Lindahl an dem Park gearbeitet haben, um dann kurz vor Vollendung seines Werks sich selbst zu töten? Erneut schüttelte er den Kopf.

Hiebler ging weiter durch den Park. Als er am Main angekommen war, blickte er nachdenklich auf den Fluss. Auf der anderen Mainseite sah er eine barocke Kapelle und daneben eine Festung auf einer steilen Anhöhe thronen. Unterhalb der Burganlage waren Felder, wie er sie gestern nach seiner Ankunft hinter dem Bahnhof hochragen gesehen hatte. Nur wusste er jetzt, um was es sich handelte. Nach einer Weile kramte er die Taschenuhr aus seiner Westentasche.

Kurz vor 10 Uhr. Es wurde Zeit, sich bei der Würzburger Gendarmerie vorzustellen.

Er steckte die Uhr wieder ein, machte ein paar Dehnübungen und streckte den Rücken. Vom Main kam ihm nun ein eiskalter unangenehmer Wind entgegen. Hiebler klappte den Mantelkragen hoch und ging schnelleren Schrittes den Mainkai flussabwärts in die Innenstadt. Sein Ziel war das Rathaus, der Sitz des Bürgermeisters, des Stadtrats und der Würzburger Gendarmerie.

Kapitel vier

Etwa zehn Minuten später bog Hiebler auf Höhe der Alten Mainbrücke nach rechts ab. Er sah einen kleinen Platz, der in eine Straße überging, welche wiederum direkt vor dem Portal des Würzburger Doms endete. Auf der linken Seite war ein schmucker Springbrunnen. Rechts sah er ein mittelalterlich anmutendes Gebäude mit Wandmalereien und einem quadratischen Turm, den Grafeneckart.

Das muss das Rathaus sein, dachte er sich beim Betrachten der unterschiedlichen Turmuhren. Schön, aber etwas klein für so eine große Stadt.

Er suchte den Eingang in das Rathaus, fand ihn aber nicht. Links neben dem mittelalterlichen Turmbau mit den Erkern entdeckte er eine Nische, an deren Ende ein rötliches Gebäude im Barockstil stand. Er ging durch einen kleinen Garten, bis er an eine Tür kam. »Rathaus – Hintereingang« las er auf einem Schild, »Parteienverkehr bitte den Haupteingang über die Rückermainstraße nutzen«.

Das Rathaus scheint also doch etwas größer zu sein, dachte sich Hiebler und ging zurück, passierte den Grafeneckart und ging entlang einer schier nicht enden wollenden Fassade. Endlich erreichte er einen Platz und blickte auf die Frontfassade eines ockerfarbenen, vorwiegend im Barockstil erbauten Gebäudes. Das Rathaus wirkte auf ihn jetzt wie eine zweite Residenz mitten im Stadtzentrum zwischen Main und Marktplatz gelegen.

Als er das Gebäude betrat, war er froh, den eisigen Januarwind endlich hinter sich gelassen zu haben. Hiebler kam in ein Vestibül. An der rechten Seite erspähte er einen Wegweiser mit der Aufschrift »Anmeldungen & Auskunft«.

Er folgte dem Schild in einen separaten Raum, an dessen Ende sich ein großer Tresen mit zwei dahinter stehenden Männern befand. Beide erinnerten Hiebler an Herrn Göbele aus dem Ministerium: nur Weste, keine Jacke, aber dafür Ärmelschoner tragend. Vor dem Tresen standen wartend zwei elegant gekleidete Frauen und ein einfacher Arbeiter mit Wollmütze und dicken Handschuhen. Gelassen stellte sich Hiebler hinter ihnen an und wartete.

Etwa fünf Minuten später war er an der Reihe.

Einer der beiden Männer, ein etwa 50-jähriger Mann mit spärlichen grauen Haaren reckte sein Kinn hoch und blickte Hiebler fragend an. »Ja bitte?«, sagte er.

»Assessor Hiebler aus München, Innenministerium seiner Majestät, ich hätte gerne den Chef der Würzburger Gendarmerie gesprochen«, stellte sich Hiebler vor.

»Können Sie sich ausweisen?«, fragte der Mann.

»Aber selbstverständlich!«, antwortete Hiebler und kramte aus seiner Manteltasche ein Dokument hervor.

Der Büroangestellte klemmte sich eine an einer Kette befestigte Zwickerbrille auf die Nase und überprüfte sorgfältig das Dokument. Anschließend musterte er Hiebler.

»So jung und schon Ministerialbeauftragter?«, fragte der Büroangestellte weiter und reichte Hiebler dessen Dokument zurück.

Hiebler nickte kurz und nahm das Papier entgegen.

»Wenn Sie dort vorne Platz nehmen?«, fuhr der Beamte fort und zeigte mit der Hand auf eine Sitzreihe von drei Stühlen an der linken Wand des Raums. »Ich werde einen Büroboten hohlen, der Ihnen den Weg zeigt.«

Hiebler nickte erneut und setzte sich auf einen der Stühle. Anschließend betätigte der Büroangestellte eine Standglocke. Eine halbe Minute nach dem Läuten eilte ein minderjähriger dürrer Blondschopf zur Tür herein.

»Ja bitte?«, fragte er.

»Geleite den Herrn da vorne ins Gendarmeriebüro zu Herrn Siebert«, wies der Mann hinter dem Tresen den Jungen an und deutete auf Hiebler.

Der Bürobote nickte. »Kommen Sie bitte?«, fragte er.

Hiebler stand auf und begleitete den Jungen.

Sie gingen über das Treppenhaus in den dritten Stock und liefen einen schier endlos langen Flur entlang. Nach einer Weile standen sie beide vor einer Tür. Neben dem Rahmen war ein Schild »R. Siebert, Chef der Gendarmerie« angebracht.

»So, hier sind wir«, sagte der Junge. »Darf ich Sie jetzt wieder alleine lassen?«

Hiebler nickte. »Vielen Dank!«, sagte er, las das Schild ein weiteres Mal und klopfte an die Tür.

Nach dem zweiten Klopfen dröhnte ein tiefer Bass durch die Tür: »Herein!«

Hiebler drückte die Klinke herunter und trat ein. Das Zimmer war in etwa so groß wie seine Schreibstube im Münchner Innenministerium, nur waren die Wände höher und der Raum heller. Vor dem Fenster stand ein Schreibtisch, an dem ein Mann mit braunen Locken saß. Er hatte buschige Augenbrauen, eine lange Kolbennase, einen Schnurrbart über der wulstigen Oberlippe und ein ausladendes Kinn. Sogar beim Sitzen konnte man erkennen, dass er die Figur eines Preisboxers der Schwergewichtsklasse hatte. Seine Hände waren eher Pranken und lagen ineinander verschränkt auf dem Schreibtisch.

»Ja bitte, was kann ich für Sie tun?«

»Herr Siebert?«, fragte Hiebler.

»Ja, der bin ich!«

Sieberts Stimme war tief, weich, sanft und freundlich wie das Brummen eines Bären.

»Grüß Gott, Herr Siebert«, sagte Hiebler. »Mein Name ist Georg Hiebler aus München. Ich komme auf Anweisung des Innenministers, Seiner Exzellenz des Freiherrn von Feilitzsch.«

Siebert wirkte wenig erstaunt. Er stand auf, lächelte und reichte Hiebler die Hand. »Herzlich willkommen in Würzburg!«, dröhnte er. Sein Händedruck war anders, als man es hätte erahnen können, eher weich.

»Bitte nehmen Sie Platz! Ich gehe mal davon aus, dass Sie sich ausweisen können?«

»Selbstverständlich!«, antwortete Hiebler, überreichte Siebert das Dokument des Ministers und setzte sich dem Gendarmeriechef gegenüber vor dessen Schreibtisch.

»Nun, Herr Assessor«, begann Siebert, »wie kann ich Ihnen helfen? Was hat Sie veranlasst, den weiten Weg nach Würzburg auf oberste Anweisung des Ministers auf sich zu nehmen?«

»Es geht um einen Todesfall, der sich vor zwei Monaten ereignet hat.«

»So, ein Todesfall? Hier in Würzburg?«

»Richtig! Genauer gesagt war es der 27. November. Es geht um den Tod von Jöns Lindahl.«

Siebert lehnte sich zurück. Er wirkte für einen kurzen Moment abwesend.

Schließlich beugte er sich näher zu Hiebler und blickte ihm tief in die Augen.

»Und was interessiert Sie oder die Regierung in München daran?«, fragte er. Das zunächst friedliche Brummen in seiner Stimme wirkte jetzt etwas bedrohlich.

Hiebler hielt Sieberts Blick stand.

»Hierzu darf und kann ich Ihnen leider keine Auskunft geben«, erwiderte Hiebler. »Sagen wir es mal so: Es hängt damit zusammen, dass Herr Lindahl schwedischer Staatsbürger war.«

Siebert fixierte Hiebler immer noch intensiv.

Nach einer Weile lehnte er sich zurück und zeigte

wieder das freundliche Lächeln vom Anfang ihrer Begegnung.

»Lindahl hat sich erschossen«, begann Siebert. »Wir haben den Fall eingehend untersucht. Er wurde mit einer Waffe in der Hand aufgefunden. Es gab keinerlei Hinweis auf ein Gewaltverbrechen. Ich gehe mal davon aus, dass die Ermittlungen Ihnen in München bekannt sind? Oder gibt es etwa Kritik oder Zweifel an unserer Arbeit, Herr Assessor?«

»In keiner Weise, Herr Siebert. Verstehen Sie mich nicht falsch«, beschwichtigte Hiebler, »ich bin nur beauftragt worden, einen Blick in Ihre Ermittlungsunterlagen zu werfen.«

»Die Münchner vertrauen uns nicht? Ist das der Grund Ihres Besuchs, Herr Assessor?«, dröhnte Siebert. Er beugte sich bedrohlich nahe zu Hiebler, der reflexartig zurückwich.

»Wir machen hier gute Arbeit in Würzburg – weit weg von München, vom Minister oder sonst wem. Glauben Sie mir, ich habe diese Stadt im Griff. Es gibt keinen Grund, sich in unsere Arbeit einzumischen. Nicht aufgeklärte Verbrechen gibt es hier nicht. Nicht bei mir, Herr Assessor!«

Siebert sprach das Wort »Assessor« inzwischen wie ein Schimpfwort aus, zischend, zynisch und abschätzig.

»Nein … doch … selbstverständlich …«, stammelte Hiebler. Trotz der winterlichen Temperaturen wurde es ihm jetzt warm. Er lockerte sich etwas den Kragen.

»Herr Siebert, es geht doch wirklich nur darum, dass

Sie mir einen Blick in die Ermittlungsakten erlauben. Nicht mehr als das. Der Minister hat mich aus diesem Grund hierherbeordert, und ich muss nun eben meinen Auftrag erfüllen.«

Siebert lehnte sich wieder zurück. Hiebler atmete erleichtert aus.

»Wie alt sind Sie?«, fragte Siebert.

»25.«

»Frau und Kinder?«

»Nein, ich bin alleinstehend.«

»Seit wann arbeiten Sie im Ministerium?«

»Seit einem Jahr.«

Sieberts drohender Blick verwandelte sich langsam wieder in ein Lächeln. Er war jetzt wieder der gutmütige Zirkusbär.

»Nun, wir Unterfranken sind gute Gastgeber«, sagte er schließlich. »Sie sollen Ihre Zeit hier in Würzburg in angenehmer Erinnerung behalten. Sie sind ein junger Amtsanwärter, der von seinem Chef in die weite Welt geschickt wird. Außerdem, was können Sie persönlich für die oft unergründlichen Unternehmungen eines Staatsapparates? Kommen Sie mit, ich zeige Ihnen das Büro von Oberwachtmeister Deschel. Der kann Ihnen weiterhelfen.«

Siebert stand auf und geleitete Hiebler zur Tür hinaus. Erst jetzt sah Hiebler die gewaltigen Ausmaße des Chefs der Gendarmerie. Er musste knapp einen Meter 90 groß und sicherlich über 100 Kilo schwer sein.

Zwei Türen weiter lag das Büro der Oberwachtmeister. Siebert brachte Hiebler in einen Raum, an dessen Wänden links und rechts bis zur Decke Regale aufgebaut waren. Direkt neben der Tür stand ein Spind, daneben hing an einem Haken eine grüne Uniformjacke, auf einer Hutablage lag eine dunkle Pickelhaube mit dem goldenen Wappen des Königreichs Bayern. In der Mitte des Raums standen zwei Schreibtische. Einer war leer, auf dem anderen stapelten sich zu beiden Seiten Akten. Fast versteckt zwischen den Papierbergen saß ein schmaler Mann mit grauen glatten Haaren. Er hatte ein Taschenmesser in der rechten Hand, vor ihm auf dem Schreibtisch lag ein großes Stück gepökeltes Fleisch sowie ein halber Laib Brot. Der Mann schnitt sich gerade ein Stück Fleisch ab, spießte es mit dem Taschenmesser auf und schob es in den Mund.

»Na, Deschel, schmeckt's?«, fragte Siebert schmunzelnd.

»Sie müssen wissen, dass Oberwachtmeister Deschel eigentlich immer isst«, sagte er jetzt an Hiebler gewandt. »Irgendetwas stimmt nicht mit ihm. Schauen Sie sich ihn an: dünn wie ein Handtuch, aber immer beim Essen.«

»Es ist Brotzeit-Zeit«, antwortete Deschel. »Schinken und frisches Brot vom Markt, Chef! Geht immer. Ist zwar ein wenig trocken, aber vom Geschmack her ausgezeichnet.«

Deschel stand auf, wischte sich die Finger an seinem Hemd ab und eilte auf die beiden zu.

»Was gibt's, Chef?«, fragte er Siebert mit vollem Mund.

»Das ist der Herr Assessor Hiebler«, erklärte Siebert.

Hiebler blickte lächelnd auf Deschel und streckte ihm die Hand hin. Er fand den dünnen Wirbelwind mit den grauen Haaren irgendwie witzig.

»Friedhelm Deschel, freut mich, Herr Assessor!«, sagte Deschel und schüttelte Hieblers Hand. Er sprach das »freut mich« wie »frreud mich« aus – mit rollendem »r« und sehr weichem »t«.

»Sie müssen wissen, dass der Herr Assessor direkt aus dem Innenministerium aus München kommt«, fuhr Siebert fort. »Er ist hier, um – sagen wir es mal so – eine längst geschlossene Akte kurzzeitig zu öffnen.«

»Ach so, ach so, eine Akte öffnen. Na gerne, wir haben genug davon. Herr Assessor, bedienen Sie sich!«

Deschel zeigte auf die vollen Regale und die Stapel auf seinem Schreibtisch. Dann lächelte er verschmitzt.

»Vielen Dank, Herr Wachtmeister«, sagte schließlich Hiebler. »Ich will Sie auch wirklich nicht lange stören.«

»Es geht um den Tod von Lindahl«, meinte Siebert.

»Der Gärtner? Der, der sich erschossen hat?«, fragte Deschel nach.

»Richtig!«, bestätigte Siebert.

»Ich habe den Auftrag, das Ergebnis Ihrer Ermittlungen im Detail an das Ministerium in München weiterzugeben«, ergänzte Hiebler. »Ist eigentlich schnell erledigt.«

»Na, wenn es sonst nichts ist«, sagte Deschel. »Jetzt

im Moment muss ich aber auf Streife gehen. Danach kann ich Ihnen gerne helfen.«

Hiebler schob die Unterlippe vor.

»Darf ich Sie auf Streife begleiten?«, fragte er schließlich.

»Von mir aus«, antwortete Deschel. »Was meinen Sie, Chef?«, fragte er Siebert.

Dieser nickte.

»Na gut, dann gehen wir!«

Deschel ging zu seinem Schreibtisch zurück, schob sich hastig die Reste seiner Brotzeit in den Mund. Dann zog er die Uniformjacke an und setzte die Pickelhaube auf.

»Zu Ihrer Verfügung!«, sagte er anschließend grinsend zu Hiebler.

Hiebler folgte Deschel auf dessen Weg durch die Würzburger Innenstadt.

Es war ein gemeinsamer Spaziergang auf dem Kopfsteinpflaster des Marktplatzes und der benachbarten Gassen. Trotz der winterlichen Temperaturen Ende Januar waren viele Menschen unterwegs und erledigten ihre Einkäufe auf dem Markt. Alle Passanten, die ihnen entgegenkamen, grüßten den Oberwachtmeister freundlich. Deschel schien bekannt und beliebt in der Stadt zu sein. Vor einigen Läden standen große Pferdewagen, von denen Kisten und Fässer abgeladen wurden. Hiebler klappte seinen Mantelkragen hoch und steckte beide Hände tief in die Taschen. Ein eisiger Wind pfiff um die Marienkapelle. Kurz schüttelte er sich vor Kälte und blickte verwundert auf Deschel, der außer der Uniformjacke und dem Hemd darunter nichts anhatte.

»Ist Ihnen nicht kalt?«, fragte Hiebler.

»Keine Spur«, antwortete Deschel. »Das ist genau mein Wetter. Ich mag den Winter. Im Sommer ist es oft unerträglich warm für mich.«

Hiebler schüttelte ungläubig den Kopf.

»Wegen meiner Kälteunempfindlichkeit hat mich der Chef sogar mal in das Juliusspital zu einem Professor geschickt«, fuhr Deschel fort. »Kein Kälteempfinden und ständig Hunger. Die fanden das dort interessant und meinten, es sei was mit den Drüsen. Irgendein neunmalkluger Assistenzarzt wollte mir da am Hals auch was herausschneiden. Der hatte schon sein Messer gewetzt. Aber nicht mit mir, habe ich gesagt. Warum auch? Mir geht es doch gut! Ich habe einen Beruf, eine Familie, was zu essen und immer ein warmes Bett zu Hause. Soll ich da an mir rummurksen lassen? Kommt nicht infrage.«

Hiebler blickte lächelnd auf Deschel. »Da muss ich Ihnen recht geben. Der Staatsdienst hat schon so seine Vorteile. Apropos«, Hiebler betrachtete Deschels Uniform, »Herr Deschel, mir ist aufgefallen, dass Sie gar keine Waffe auf Streife mit sich führen?«

»Korrekt, Herr Assessor, korrekt! Der Säbel nervt. Man bleibt ständig irgendwo hängen oder stolpert darüber, und die neuen Dienstrevolver sind mir zu schwer. Wenn es blöd läuft, fallen die einem aus der Jacke raus.«

Deschel hielt kurz inne.

»Außerdem, auch wenn Sie es mir nicht glauben wollen, haben die Leute genug Respekt vor mir«, fuhr er fort. »Ich brauche keine Waffe.«

Sie gingen ein paar Schritte weiter, bis sie am Portal der Marienkapelle einen in zerrissene Lumpen notdürftig gekleideten Bettler sahen. Der Mann war unrasiert, hatte lange Haare, Frostbeulen im Gesicht und stützte sich auf eine Krücke.

»Gott zum Gruße, Herr Oberwachtmeister!«, sagte der Bettler mit heiserer Stimme.

»Grüß Gott, Ruprecht«, antwortete Deschel und ging kopfschüttelnd weiter.

»Der steht schon seit zwei Jahren hier«, sagte er jetzt an Hiebler gewandt. »Die Leute haben sich an ihn gewöhnt, und er tut nichts, also lasse ich ihn betteln. Ich kann mir auch kaum vorstellen, dass er diesen Winter auch noch überlebt. Schauen Sie sich den doch mal an. Wahrscheinlich hat er schon die Schwindsucht. Ruprecht ist übrigens auch ein Lindahl-Opfer!«

Hiebler blieb stehen und sah verwundert auf Deschel.

»Wieso Lindahl-Opfer und warum *auch* eines?«, fragte er.

»Wissen Sie, Herr Hiebler, dieser schwedische Gärtner war nicht gerade beliebt hier in der Stadt«, antwortete Deschel. »Nach allem, was man so mitbekommen hat, war er ein Tyrann, ein Egoist und ein Schürzenjäger. Ich habe ihn ja nur ein paarmal gesehen, wie er während der Bauarbeiten im Park wild gestikulierend

Anweisungen gegeben hat. Die Arbeiter hat er angebrüllt: ›Schneller arbeiten! Was machst du für einen Mist? Streng dich an! Vollidiot!‹ Und so weiter und so fort. Daher ist auch dieser arme Bettler von vorhin ein Opfer Lindahls. Ruprecht war Arbeiter auf der Ringpark-Baustelle. Vor zwei Jahren geriet er beim Abladen unter eine ganze Fuhre Pflastersteine. Der arme Tropf hat es mit vielen Brüchen gerade noch überlebt. Und anschließend? Er wurde notdürftig zusammengeflickt, notwendige Operationen wurden ihm nicht bezahlt. Dann wurde er von Lindahl beschimpft, dass sich aufgrund seines Ungeschicks die Arbeiten verzögert hätten. Nicht ein einziges Wort des Bedauerns. Keinen Heller als Entschädigung. Ruprecht verlor seine Arbeit. Was nun von ihm übrig ist, haben Sie ja gesehen.«

Deschel war jetzt in einem kontinuierlichen Redefluss. Hiebler hörte aufmerksam zu.

»Und dann diese ganzen Weibergeschichten. Glauben Sie mir, ich bin viel unterwegs. Ich kenne meine Stadt und weiß, was los ist. Kein Rock war vor dem schwedischen Gärtner sicher. Jedes junge Mädel musste sich vor ihm in Acht nehmen. Dieser Mensch hatte keine Achtung, keine Scham, kein Ehrgefühl. Ist schlimm, das alles. Aber wir als Gendarmerie konnten da nichts machen. Eine Straftat hat er ja nie begangen. Außerdem stand er lange Zeit unter dem Schutz des Bürgermeisters. Der Herr Landschaftsgärtner durfte seine künstlerische Seele ausleben. Herr Hiebler, ich sage es Ihnen: Lindahl hatte Narrenfreiheit! Erst nachdem der alte

Bürgermeister gestorben war, hat man ihm zu verstehen gegeben, dass er unerwünscht ist. Wahrscheinlich hat er sich deswegen auch erschossen, so eitel und eigensinnig wie der war. Kurzum: Wir Würzburger vermissen Lindahl nicht! Keinen Augenblick, so viel ist sicher!«

Beide gingen nun ein paar Schritte schweigend nebeneinander.

»Wachtmeister Deschel«, unterbrach Hiebler schließlich die Stille, »das kann man alles nachvollziehen. Aber würden Sie sich in einer Toilettenanlage erschießen, wenn Sie des Lebens überdrüssig sind?«

Deschel blieb stehen und blickte auf Hiebler.

»Wissen Sie was?«, begann er. »Ich sage Ihnen nur eines: Scheiße dahin, wo Scheiße hingehört!«

Hiebler musste schmunzeln. Der Oberwachtmeister wurde ihm immer sympathischer. Langsam gingen sie weiter.

»Deschel, ich sage Ihnen das jetzt, weil Sie eine ehrliche Haut sind und ich Ihnen nur ungern etwas vormachen möchte«, sagte schließlich Hiebler. »Eigentlich besteht kein Zweifel an Lindahls Selbstmord. Meine Aufgabe hier in Würzburg ist es nicht, Ihnen oder der Gendarmerie irgendein Fehlverhalten nachzuweisen. Es geht nur darum – nennen wir es mal so – Unklarheiten auszuräumen. Ein Auftrag muss erledigt werden. Sie verstehen mich, oder?«

»Selbstverständlich, Herr Assessor! Kein Problem, Sie machen Ihre Arbeit, ich mache meine. Wir haben nichts zu verbergen.«

»Danke, Herr Oberwachtmeister«, erwiderte Hiebler. »Bei Ihrem Chef, Herrn Siebert, habe ich einen anderen Eindruck gehabt.«

»Der Chef ist manchmal etwas schlecht gelaunt. Machen Sie sich nichts daraus, Hiebler. Der ist ein guter Kerl und hat es auch nicht immer leicht im Leben gehabt. Beide, zuerst die Frau und dann die einzige Tochter, sind auf tragische Weise ums Leben gekommen. Die Frau starb bei der Geburt der Tochter, die Tochter hat sich letztes Jahr selbst umgebracht. Warum sie ihrem Leben ein Ende bereitet hat, weiß keiner außer vielleicht Siebert selbst. Aber so ist es halt manchmal im Leben. Jetzt kommen Sie, Hiebler, wir drehen hier noch eine Runde, kehren beim Hühnerbrater zum Mittagessen ein, und dann geht es zurück zur Dienststelle. Sie kriegen alle Unterlagen zu dem Fall und dann …« Deschel fing jetzt zu schmunzeln an.

»Und dann?«, fragte Hiebler.

»Dann gehen Sie mit mir gut fränkisch essen und trinken. Sie sollen schließlich keinen schlechten Eindruck von der Stadt und seiner Bevölkerung mit nach München nehmen.«

»Sehr gerne!«, erwiderte Hiebler. »Das wäre mir eine große Ehre, Herr Deschel.«

Am Nachmittag waren sie zurück in der Dienststelle. Deschel öffnete als Erstes einen großen Aktenschrank.

»So, dann suchen wir mal«, brabbelte er vor sich hin und ging die Vermerke auf den Regalen durch. »1886,

1887, J, K, L, Li, … hier habe ich die Akte. Lindahl mit weichem D, oder?«, fragte er Hiebler.

»Gibt es auch ein hartes D?«, fragte Hiebler und lächelte.

»Keine Witze über Franken oder ihren Dialekt!«, antwortete Deschel grinsend und warf ihm die Akte auf den leeren Schreibtisch. »Hier! Viel Spaß damit, wir sehen uns heute Abend. In welchem Hotel wohnen Sie?«

»*Pension Altbayern*«, erwiderte Hiebler.

»Perfekt! Ich werde Sie um 18 Uhr abholen«, sagte Deschel und verließ den Raum.

Kapitel fünf

Kann es sein, dass Deschel jetzt schon nach Hause gegangen ist, überlegte Hiebler, setzte sich an den Schreibtisch und schlug Lindahls Akte auf. Na ja, wenigstens kann ich in Ruhe arbeiten.

Er nahm sich einen leeren Bogen Papier aus der Schreibtischschublade und holte aus seiner Jackentasche einen Füllfederhalter hervor. Es war ein *Lewis Edson Watermans Tintenleiter* – entwickelt in New York City – eine Rarität, auf die er sehr stolz war. Das Exemplar hatte ihm sein Vater zum bestandenen Staatsexamen geschenkt.

Hiebler schraubte die Kappe des Füllerfederhalters ab und machte sich Notizen auf dem Papier. In akkurater Schrift begann er zu schreiben:

Todesfall Jöns Lindahl, 27. November 1887 in Würzburg.

Dann durchblätterte er die Akte.

Er fand als Erstes einen handschriftlich verfassten Bericht der Gendarmerie unterzeichnet von einem Wachtmeister Betzel.

Die Leiche des Jöns Persson Lindahl wurde aufgefunden in der öffentlichen Toilettenanlage in der Ottostraße in den Morgenstunden des 28. November 1887 durch den stadtbekannten Landstreicher und Tagelöhner Ruprecht Kreis, als dieser am Morgen seine Notdurft verrichten wollte, las Hiebler.

Ruprecht? Der Bettler, der laut Deschel ein Opfer Lindahls war?, fragte er sich und notierte den Namen des Landstreichers.

Nach Benachrichtigung der Gendarmerie durch genannte Person, Tatortbesichtigung durch Oberwachtmeister Deschel und Wachtmeister Betzel. OWM Deschel zieht Fotograf Knoll zur Anfertigung einer Tatortfotografie hinzu, las er weiter.

Eine Tatortfotografie? Schau an, schau an! Da waren die Würzburger moderner als die Münchner.

Er legte einige Blätter zu Seite, bis er auf das Foto stieß. Es zeigte die Leiche Lindahls neben der Rinne des Pissoirs. Lindahl lag auf dem Rücken, in der rechten Hand war ein Revolver. Neben seinem Kopf lag sein Hut, ein dunkler Fleck in den hellen Haaren des Toten suggerierte Blut.

Hiebler beugte sich vor, um die Details des Bildes besser erfassen zu können. Er blickte vom Kopf des Toten runter bis auf die etwas grotesk verdrehten Füße. Lindahl trug die Kleidung eines wohlhabenden Bürgers: schwarzer Anzug, dunkelgrauer Mantel, Lederstiefel. Die Taschenuhr hing an einer Kette auf Höhe des Hosenbunds. Hiebler beugte sich noch weiter vor und kniff die Augen zusammen. Neben der Taschenuhr, am Hosenbund, erschien ihm etwas ungewöhnlich. Durch die durchgehend dunkle Kleidung schimmerte ein weißer Stoff. Hiebler lehnte sich wieder zurück und sinnierte. Er öffnete die Schreibtischschublade und fand sofort das, wonach er suchte: eine Lupe. Hiebler hielt das Vergrößerungsglas vor das Bild.

Kann das sein?, fragte er sich. Er kniff die Augen zusammen und blickte erneut durch die Lupe. Der Tote hatte tatsächlich seinen Hosenlatz offen!

Hiebler schob die Unterlippe vor und schüttelte langsam den Kopf.

Lindahl ging in ein Toilettenhäuschen, urinierte und jagte sich dann eine Kugel in den Kopf, noch bevor er seinen Latz zuknöpfte? Wer sollte sich denn mit offenem Hosenlatz erschießen? Seltsam!

Erneut machte sich Hiebler Notizen.

Er legte das Foto wieder zurück und las weiter in dem Protokoll:

Die Person wird mit einem Armee-Revolver der Marke Mauser *in der rechten Hand aufgefunden. Es findet sich eine Einschussmarke an der rechten Schläfe. Aufgrund der Totenstarre wird der Todeszeitpunkt auf den Abend des 27. Novembers geschätzt. Kein Hinweis auf Fremdeinwirkung, Gewaltspuren sind nicht erkennbar, Geldbörse und Taschenuhr sind nicht entwendet. In Zusammenschau aller Fakten wird daher mit an Sicherheit grenzender Wahrscheinlichkeit die Selbsttötung durch Gebrauch einer Schusswaffe dokumentiert.*

Als Nächstes fand Hiebler in der Akte eine Kopie der Todesurkunde sowie einen amtlichen Vermerk vom 29. November zum Abschluss der Ermittlungen bei eindeutigem Beleg einer Selbsttötung. Das Schreiben war von Siebert, dem Chef der Gendarmerie, unterzeichnet.

Dann folgten drei Seiten mit einer Auflistung der Habseligkeiten des Toten und die ebenfalls von Siebert unterzeichnete Kopie eines Briefes an Lindahls Schwester mit der Todesnachricht. In dem Schreiben wurde gefragt, ob Leiche und Hinterlassenschaften gegen Erstattung der Transportkosten nach Schweden überführt werden sollten. Am Ende des Briefes wurde vermerkt, dass bei Selbstmord dem Toten kein christliches Begräbnis zustehe. Bei nicht gewünschter Übersendung des Leichnams habe daher eine Einäscherung ohne Bestattung im Würzburger Krematorium zu erfolgen.

In dem in schlechtem Deutsch verfassten Antwortbrief bat Lindahls Schwester sowohl um die Übersendung der Habseligkeiten als auch der Leiche ihres Bruders.

Das ist also alles?, fragte sich Hiebler. Eine Akte mit acht Bögen Papier und einer Fotografie. Ein Schwede, den keiner mochte, der sich aber dafür mit offenem Hosenlatz in einer Toilettenanlage erschießt. Na ja, vielleicht ist der offene Hosenlatz auch ein Zeichen, was er von seinen Würzburger Mitmenschen so hielt.

Aber musste ich dafür wirklich von München nach Würzburg reisen?

Er legte die Tatortfotografie und die Dokumente kopfschüttelnd wieder in die Akte. Dann nahm er sich die Liste mit Lindahls Hinterlassenschaften vor.

Das gesamte Eigentum des Verstorbenen war detailliert vermerkt: zunächst die Summe des hinterlassenen Bargelds, Schmuckstücke und einige Wertpapiere. Es folgten die Bücherbestände und diverse andere Unterlagen und Dokumente. Dann waren über mehrere Zeilen sämtliche Kleidungsstücke aufgelistet. Am Ende der Liste waren unterschiedliche Gegenstände wie Kerzenständer, gerahmte Gemälde und Haushaltswaren vermerkt.

Ein hierunter aufgelistetes Objekt ließ Hiebler stutzig werden. Er las: *Revolver der Marke E. Lefaucheux Mod. 1863. Seitlich eingraviert finden sich drei Kronen (schwedisches Königswappen). Der Waffe beiliegend eine volle Packung mit zwei Dutzend Projektilen.*

Er machte sich erneut Notizen und dachte nach.

In der Hand des Toten wurde ein Revolver der Marke *Mauser* gefunden, unter den Hinterlassenschaften aber ein Revolver der schwedischen Armee aufgelistet. Lindahl hatte diese Waffe wohl noch aus seiner Armeezeit in seinem Heimatland. Sollte er etwa zwei Revolver gehabt haben? Ungewöhnlich, entweder hat man einen Revolver zur Selbstverteidigung oder man sammelt Waffen. Als Sammler hat man jedoch eher selten nur zwei Waffen. Und selbst wenn Lindahl zwei Revolver gehabt hätte, woher war das Projektil in der Todeswaffe? Die Munitionspackung in Lindahls Wohnung war voll, unbenutzt.

Hiebler machte einen Strich unter seine bisherigen Notizen.

Dann schrieb er: »Tatort«, »Leiche«, »Waffe«. Er unterstrich die drei Wörter, zeichnete einen Pfeil darunter und schrieb neben der Pfeilspitze in Großbuchstaben: »MORD?!«

»Ich bin mir ziemlich sicher, dass sich Lindahl nicht erschossen hat. Zu viel spricht dagegen. Aber wenn er selbst es nicht war, stellt sich nun die Frage, wer sein Mörder ist«, murmelte Hiebler und lehnte sich im Stuhl zurück.

Schließlich schraubte er die Kappe wieder auf den Füller, faltete das Papier zusammen und steckte beides in die Innentasche des Jacketts. Er blies nachdenklich Luft durch die Backen. Dann klappte er die Akte zu und stand auf. Hiebler kramte seine Taschenuhr aus der Westentasche und warf einen Blick auf das Ziffernblatt.

In einer Stunde holt mich Deschel ab. Es wird Zeit zu gehen, dachte er, ordnete die Akte wieder in dem Regal ein und verließ den Raum.

Deschel holte, wie versprochen, Hiebler in seiner Pension ab. Sie gingen nur wenige Schritte von der Semmelstraße bis zur *Gotischen Trinkstube* des *Bürgerspitals*. Von der Straße ging es einige Stufen hinab in einen großen Raum mit beeindruckendem Kreuzgewölbe. In dem Saal fanden etwa 150 Personen Platz, die an einfachen Holztischen mit Bänken saßen. Es war laut, und die Luft war stickig. Hiebler fühlte sich an die Bierkeller seiner Münchner Heimat erinnert.

Als einer der Kellner Deschel erblickte, lief er sofort überschwänglich winkend auf die beiden zu und wies ihnen einen kleineren Tisch in einer ruhigen Ecke zu, den sie für sich alleine hatten. Deschel murmelte dem Kellner etwas ins Ohr, dann legten Hiebler und er ihre Mäntel ab und nahmen Platz.

»So, Herr Hiebler! Hier wären wir. Willkommen in Würzburg!«, begann Deschel. »Kümmern Sie sich nicht um die Bestellung. Ich habe alles im Griff.«

Hiebler nickte freundlich lächelnd.

Nur eine Minute später war der Kellner wieder da und stellte ihnen zwei Gläser Weißwein, die bis zum Rand gefüllt waren, auf den Tisch.

»Zum Wohl!«, sagte Deschel und hob sein Glas.

»Zum Wohl! Und vielen Dank!«, erwiderte Hiebler und nahm einen Schluck.

Für Hiebler war das Getränk fremd. Er kannte Wein von wenigen Gelegenheiten. Das, was er jetzt jedoch im Mund hatte, war ungewöhnlich sauer. Unbewusst kniff er die Augen zusammen, zog die Lippen zurück und schüttelte etwas den Kopf.

»Haha! Das ist wohl das erste Mal, dass Sie Silvaner trinken, oder?«, lachte Deschel, dem Hieblers Gesichtsausdruck nicht entgangen war. »Warten Sie es ab, je mehr man davon trinkt, umso besser schmeckt er einem.«

Erneut prosteten sie sich zu. Hiebler war an den sauren Geschmack jetzt gewohnt. Er war durstig und trank das Glas fast leer.

»Na sehen Sie!«, sagte Deschel anerkennend.

»Noch mal zwei Schoppen!«, rief er laut dem Kellner zu, der bestätigend nickte.

»Ich wusste gar nicht, dass man in Franken nur Wein trinkt«, sagte Hiebler.

»Tut man auch nicht!«, antwortete Deschel. »Schauen Sie, Hiebler, es gibt Weinfranken, das sind wir Unterfranken, und es gibt Bierfranken, das sind die Ober- und Mittelfranken. Es gibt das katholische Franken in und um Würzburg, Bamberg und Eichstätt, und es gibt den lutherischen Rest. Glauben Sie bloß nicht, Hiebler, dass es nur *einen* fränkischen Dialekt oder *eine* fränkische Mentalität gibt. Ich kann Ihnen nur sagen, hier in Würzburg lebt, isst und trinkt es sich am besten! Und zwar mit Abstand!«

Sie stießen ihre Gläser an und tranken den Rest aus.

»Und, wie ist es in München?«, fragte Deschel anschließend.

»Na ja, man trinkt Bier und ist vorwiegend katholisch. Man spricht oberbayerisch, obwohl der Münchner Wert darauf legt, sich hinsichtlich seines städtischen Bildungsstandes gepflegter auszudrücken als die Landbevölkerung im Umland der Stadt.«

Der Kellner stellte den Männern zwei volle Gläser hin. Nur wenige Augenblicke später kam das Essen: ein gigantisches Stück Fleisch mit Knochen und Kruste.

Hiebler spürte langsam die Wirkung des Alkohols. Er war froh, etwas Deftiges und Fettes zu essen zu bekommen.

»Das nennt sich Schäufele«, erklärte Deschel. »Lassen Sie es sich schmecken!«

Beide fingen sie hungrig zu essen an. Hiebler bemerkte, dass der Kellner ihnen ein weiteres Glas Wein hingestellt hatte, noch bevor das alte leer war. Wie von Deschel angekündigt, schmeckte ihm der Silvaner nun ausgezeichnet.

»Deschel, ich muss Sie noch was wegen der Lindahl-Akte fragen«, begann schließlich Hiebler, nachdem er die Hälfte seines Tellers geleert hatte. »Mir sind da noch ein paar Ungereimtheiten …«

»Friedhelm!«, fuhr Deschel dazwischen. »Bitte Friedhelm! Prost!«

Sie stießen erneut an und leerten ihre Gläser.

»Auch wenn ich kein Akademiker bin, Hiebler, so sind wir doch irgendwie Kollegen. Mich würde es daher freuen, wenn wir uns duzen.«

»Ich heiße Georg«, sagte Hiebler. »Sehr gerne, Friedhelm!«

»Danke, Georg«, sagte Deschel zufrieden lächelnd und signalisierte dem Kellner, Wein zu bringen.

»Deschel, äh Friedhelm«, setzte Hiebler erneut an, »mir sind da dennoch so ein paar Dinge aufgefallen, die ich mit dir besprechen möchte!«

»Machen wir, Georg, machen mir«, beschwichtigte Deschel. »Jetzt essen wir unser Schäufele auf, trinken noch einen Schoppen, und dann können wir über alles reden.«

Hiebler nickte und aß stumm weiter. Ihm stieg der Wein langsam gehörig zu Kopf.

»Was hältst du eigentlich von der Fotografie in Lindahls Akte?«, fragte Deschel nach einer Weile.

Hiebler blickte erstaunt von seinem Teller hoch. Er hatte nicht erwartet, dass Deschel von sich aus auf den Fall zu sprechen kommen würde.

»Sehr viel halte ich davon, Friedhelm. Respekt, dass ihr mit Tatortfotografien arbeitet. So moderne Methoden hätte ich euch gar nicht zugetraut«, antwortete Hiebler. Seine Zunge wurde immer schwerer. »Da seid ihr fortschrittlicher als die meisten Gendarmerien in München, vielleicht sogar in Berlin! Mir ist da auf der Abbildung von Lindahls Leiche übrigens aufgefallen, dass …«

»Danke, Georg, für das Kompliment!«, unterbrach ihn Deschel. »Severin, der Fotograf, ist nämlich mein Schwager, solltest du wissen. Severin Knoll ist sogar Fotograf am königlichen Hof. Nur ist der Hof fast nie in Würzburg. Der Severin hat daher ein Faible entwickelt, tote Personen und übersinnliche Ereignisse fotografisch zu dokumentieren. Der freut sich über jede Leiche, die er vor die Linse seiner Kamera bekommt. Deshalb gebe ich ihm immer Bescheid, wenn ein Toter gefunden wurde. Und uns, der Gendarmerie, schadet es nicht. Wir nutzen die moderne Technik als Beweismittel. Ich sag dir, nicht mehr lange und es wird von jedem

Tatort eine Fotografie angefertigt werden. Die Technik entwickelt sich rasant weiter. Wer weiß, mit was wir Kriminaler es in 20 oder 30 Jahren zu tun haben werden. Oder was meinst du?«

Hiebler nickte und begann sein fünftes Glas Silvaner zu leeren.

Es war jetzt müßig, bei Deschel nach Antworten auf seine Fragen zu suchen.

»'tschuldigung, Friedhelm, aber ich muss austreten«, sagte er nach einer Weile und stand auf.

Er torkelte zur Toilette und urinierte. Als er fertig war, versuchte er mühsam, die Knöpfe seines Hosenlatzes zu schließen.

»Kein Mensch erschießt sich in der Toilette mit offener Hose!«, rief er plötzlich laut mit lallender Stimme. »Auch nicht ein Schwede!«

Ein neben Hiebler stehender älterer Mann musterte ihn abschätzig.

»Ein Schwede nicht, aber vielleicht ein Oberbayer?«, fragte dieser zynisch grinsend.

»Auch nicht ein Oberbayer! Niemand erschießt sich so!«, blaffte Hiebler zurück und torkelte wieder an seinen Platz.

Er ließ sich auf den Stuhl plumpsen.

»Alles in Ordnung, Georg?«, fragte ihn Deschel freundlich lächelnd.

Hiebler antwortete nicht.

»Komm, Friedhelm!«, sagte er schließlich. »Trinken wir noch einen Schoppen!«

Kapitel sechs

Hiebler wachte am nächsten Morgen mit trockener Zunge und belegtem Rachen auf. Er warf die Bettdecke zurück und setzte sich an den Bettrand. In seinem Schädel dröhnte und pochte ein unangenehmer Schmerz. Hiebler blickte an sich hinunter und war überrascht, dass er noch seine Anzughose trug. Sogar die Schuhe hatte er noch an. Er rieb sich die Schläfen und versuchte, die Ereignisse des gestrigen Abends zu rekapitulieren. Viel konnte er sich nicht mehr zusammenreimen. Er war mit Deschel im *Bürgerspital* gewesen und hatte gegessen und getrunken. Reichlich getrunken! Sauren Silvaner getrunken! Wie er in sein Zimmer gekommen war, war ihm unklar.

Langsam stand Hiebler auf. Er kniff die Augen zusammen und stöhnte auf. Dann ging er auf wackligen Beinen zu dem Waschtisch am anderen Ende des Zimmers. Auf dem Tisch stand eine Waschschüssel mit einer Kanne davor. Gierig griff Hiebler danach und trank, so schnell und viel er konnte. Das Wasser schmeckte brackig, erfüllte jedoch den Zweck, dass sich zumindest die borkige Zunge vom Rachen löste. Das verbliebene Wasser schüttete er in die Schüssel und wusch sich notdürftig das Gesicht. Dann betrachtete er sich im Spiegel. Die dunklen Haare standen wirr in alle Richtungen, sein sonst so gepflegter dunkelblonder Schnurrbart hing traurig über die Oberlippe.

»Gütiger Herr im Himmel«, murmelte er vor sich hin. Er kratzte sein unrasiertes Kinn und steckte das verknitterte Hemd in die Hose. Dann blickte er sich im Zimmer um. Auf dem Boden lagen ungeordnet Mantel, Jackett und Weste, daneben seine Uhr. Hiebler bückte sich, um diese aufzuheben, was jedoch eine erneute heftige Kopfschmerzattacke auslöste. Er horchte an der Uhr. Das gewohnte leise Ticken fehlte. Also öffnete er den Deckel und erkannte, dass die Zeiger um 3.45 Uhr stehen geblieben waren. Er legte die Uhr auf den Waschtisch und die Kleidung notdürftig zusammengefaltet auf sein Bett. Im Raum war es bereits hell, es musste also auf jeden Fall nach 8 Uhr sein.

Er schüttelte langsam den Kopf. »Meine Güte, das war gestern definitiv zu viel Wein. Ob ich noch ein Frühstück oder zumindest einen Kaffee oder Tee bekomme?«, fragte er sich selbst.

Hiebler spritzte sich erneut etwas Wasser ins Gesicht, dann kämmte er sich, steckte seine Uhr in die Hosentasche, zog sein Jackett über und machte sich auf den Weg in den Frühstücksraum der Pension.

Als Hiebler in den Raum mit dem großen Porträt des Prinzregenten trat, war dieser leer. Er suchte auf dem Tisch, auf dem sonst Essen und Getränke angerichtet waren, nach übrig gebliebenen Resten.

»Guten Morgen, Herr Hiebler!«, hörte er plötzlich Frau Reckziegel hinter seinem Rücken. »Sie sind leider zu spät. Es ist 8.30 Uhr und Frühstück gibt es nur bis 8 Uhr.«

Hiebler drehte sich um. Erneut begann es durch die ruckartige Bewegung, in seinem Kopf zu dröhnen. Er verzog kurz schmerzverzerrt das Gesicht. Dann zog er an der kurzen goldenen Kette seine Uhr aus der Tasche. »Ist leider stehen geblieben! Tut mir leid«, sagte er.

Frau Reckziegel musterte ihn und rümpfte etwas die Nase.

»So wie Sie aussehen und riechen, muss es ja gestern ein ereignisreicher Abend gewesen sein.«

»Das tut mir leid, Frau Reckziegel, ich hoffe, dass ich keine Unannehmlichkeiten verursacht habe«, erwiderte Hiebler. Aufmerksamkeit durch Unordentlichkeit oder unangenehmes Auftreten bei anderen zu erzeugen, war Hiebler ein Graus.

»Ich habe nichts mitbekommen!«, beruhigte sie ihn.

Hiebler atmete erleichtert auf.

Dann begann Frau Reckziegel, breit zu lächeln. »Na, nun setzen Sie sich mal hin! Ich bringe Ihnen etwas Brot, Butter und Tee.«

Hiebler nickte dankbar und suchte sich einen Platz. Er blickte auf die Standuhr in der Ecke des Raumes, zog seine Uhr auf und stellte die Zeit ein.

Zwei Minuten später kam Frau Reckziegel mit einem Tablett.

Zu seiner Überraschung brachte sie zwei Tassen. Sie

stellte alles auf dem Tisch, schenkte Tee ein und setzte sich zu Hiebler an den Tisch.

»Das verspätete Frühstück bedeutet, dass Sie nun mit meiner Gesellschaft vorliebnehmen müssen.«, sagte Frau Reckziegel grinsend. »Wenn die Gäste weg sind, gönne ich mir immer meine Tasse Tee, bevor es mit der Arbeit weitergeht.«

Hiebler stand kurz auf und verbeugte sich.

»Herzlichen Dank, Frau Reckziegel. Ich freue mich selbstverständlich über Ihre Gesellschaft!«, heuchelte Hiebler. Belanglose Konversation war das Letzte, nach dem ihm jetzt der Sinn stand. Andererseits war dies wohl der Preis für sein Frühstück. Er nahm wieder Platz und schmierte sich Butter auf das Brot.

»Na, wo waren Sie denn gestern?«, fragte Frau Reckziegel.

»Gleich hier um die Ecke, im *Bürgerspital*«, antwortete Hiebler und trank einen großen Schluck Tee.

»Ach, die *Gotische Trinkstube*! Na, das erklärt vieles«, fuhr Frau Reckziegel fort. »So wie es aussieht, waren Sie in angenehmer Begleitung unterwegs? Hat Ihnen der Silvaner geschmeckt?«

Hiebler nickte kurz. Das Wort »Silvaner« rief bei ihm ein kurzes Gefühl heftiger Übelkeit hervor. Er wollte nun wirklich nicht über den gestrigen Abend sprechen – mit Frau Reckziegel am allerwenigsten. Irgendwie musste er das Gespräch in eine andere Richtung bringen.

»Sagen Sie, werte Frau Reckziegel, ist Ihnen eigentlich noch der verstorbene Landschaftsgärtner Lindahl ein Begriff?«, fragte er schließlich. Der Name des Gärtners war das Einzige, was ihm gerade in den Sinn kam.

Frau Reckziegel blickte etwas verwundert auf Hiebler. »Wie kommen Sie denn jetzt auf den?«, fragte sie. »Na ja, ein wenig ist er mir schon bekannt. Eigentlich kannte ihn ja die ganze Stadt«, sagte sie, ohne Hieblers Antwort abzuwarten. »Wissen Sie, es wurde ja auch viel über ihn in der Zeitung berichtet. Nicht immer gerecht im Übrigen. Ich persönlich habe ihn auch ganz anders wahrgenommen als diese Schmierenjournalisten, die über ihn geschrieben haben.«

Sie begann zu schmunzeln.

»Herr Lindahl war ein stattlicher Mann. Leuchtend blonde Haare, einen Bart wie ein germanischer Gott. Und diese Augen … strahlend blau wie zwei Saphire!«

Hiebler schien das richtige Thema getroffen zu haben. Frau Reckziegel war im Redefluss. Er konnte jetzt, ohne selbst sprechen zu müssen, sein Frühstück genießen.

»Der Herr Lindahl, müssen Sie wissen, kam aus Schweden. Er hatte einen reizenden Akzent. Ich durfte mich einige Male mit ihm unterhalten. Zu mir war er übrigens immer freundlich, ein richtiger Ehrenmann, so galant. Natürlich war er zwischendurch mal aufbrausend und laut, aber der Mann hatte ja auch eine wichtige Position inne. Er leitete eine der größten Baustellen der Stadt seit Jahrzehnten. Da muss man zwischendrin mal deutliche Worte sprechen, oder etwa nicht? Sonst wird das doch nie was.«

Hiebler nickte zustimmend und kaute an seinem Butterbrot.

»Außerdem hatte er eine Künstlerseele. Ich fand immer, dass Herr Lindahl ein geachteter und gebildeter Mann war. Er hat sich auch der Wissenschaft und der Naturkunde verpflichtet gefühlt. Im Übrigen war er auch bei der Theosophischen Gesellschaft aktives Mitglied, müssen Sie wissen. Ich glaube, er war eine Zeit lang sogar der Schatzmeister dieser Gesellschaft. Ich selber kann das ja nicht so genau wissen, da jemand meines Standes nicht in den inneren Kreis der Gesellschaft vordringen kann. Zu meinem Leidwesen, müssen Sie wissen.«

Wieder diese Gesellschaft mit dem seltsamen Namen. Hatte sie da nicht schon vorgestern was davon erwähnt?, erinnerte sich Hiebler, trank seine Tasse leer und ließ Frau Reckziegel weitersprechen.

»Aber sei es, wie es ist, Herr Hiebler, bei den offenen Versammlungen der Theosophen habe ich ihn die letzten Monate zu meiner Enttäuschung leider nicht mehr gesehen. Ich weiß nicht, was da los war. Vielleicht haben sich der ganze Stadtrat und die höhere Gesellschaft von ihm abgewandt. Fragen Sie mich jetzt nicht, warum. Ich denke mal, dass da, wo viel Licht ist, auch viel Schatten ist. Und bei Herr Lindahl war viel Licht, weiß Gott, sehr viel Licht! Vielleicht hängt es auch mit dem neuen Bürgermeister zusammen, dass er mehr und mehr zum Einzelgänger wurde. Mit ihm hat es der Herr Lindahl jedenfalls nicht so einfach gehabt, sagt man zumindest.

Kein Wunder, ich mag den Ritter von Steidle auch nicht so. Steidle ist mit Zürn, dem alten Bürgermeister, nicht zu vergleichen. Zürn hatte Format. Und Steidle? Na ja, lassen wir das. Auf jeden Fall muss diese Ungerechtigkeit den armen Herrn Lindahl in die Melancholie getrieben haben. Wer sieht schon immer hinter die Fassade eines Menschen? Tja, und dann hat er sich eben erschossen. Ein ehrenhafter Tod für einen Ehrenmann, wie er einer war. Er hat nicht, wie so viele andere heutzutage, den Schwanz eingezogen, um jämmerlich zu Kreuze zu kriechen.«

Frau Reckziegel blickte aus dem Fenster und seufzte tief. »Der Herr Lindahl – so ein stattlicher Mann!«

Hiebler war zwischenzeitlich mit dem Essen fertig. Er war überrascht, wie viel ein Mensch sprechen konnte, wenn man ihm nur die richtigen Stichworte gab.

»Herzlichen Dank, Frau Reckziegel, für das Frühstück und das angenehme Gespräch«, sagte er und stand auf. »Entschuldigen Sie mich bitte, aber ich muss mich jetzt auf den Weg machen. Die Geschäfte warten!«

Er stand auf, machte eine kurze Verbeugung, ging und ließ eine nachdenkliche Frau Reckziegel zurück.

Eine knappe Stunde später war Hiebler im Rathaus. Den Weg zu den Büroräumen der Gendarmerie kannte er inzwischen. Er ging direkt in Deschels Zimmer.

»Grüß dich, Georg!«, wurde er von Deschel überschwänglich begrüßt. »Haha. Du siehst ja aus wie das blühende Leben.«

»Guten Morgen, Friedhelm«, erwiderte Hiebler. Er musste daran denken, dass sie sich gestern Abend plötzlich geduzt hatten und mit wie viel Wein sie die Verbrüderung begossen hatten. Das alles war ihm jetzt peinlich. Er überlegte, ob er Deschel noch nach dem weiteren Fortgang des Abends fragen wollte.

Die Frage nahm ihm Deschel ab.

»Meine Güte, warst du betrunken!«, rief er grinsend.

Hiebler schloss rasch die Tür und blickte sich unbewusst nach anderen Personen im Raum um.

»Am Ende warst du so voll, dass du nicht mal mehr wusstest, wo deine Pension ist. Ich musste dich quasi ins Bettchen bringen, sonst hättest du die ganze Semmelstraße geweckt.«

»Danke, Friedhelm«, erwiderte Hiebler. »Tut mir leid, wenn ich Probleme gemacht habe.«

»I wo, Georg! Lustig war es. Da sieht man mal, wie so ein spröder Rechtsassessor auftauen kann, wenn er ein paar Schoppen Silvaner intus hat.«

Hiebler quälte sich ein Lächeln ab.

»Und wie geht es dir so?«, fragte er schließlich Deschel.

»Mir? Na prima!«, antwortete dieser. »Ich war ja quasi nüchtern, sitze schon seit 7 Uhr morgens hier im Büro.«

»Gut für dich, Friedhelm«, fuhr Hiebler fort. »Was bin ich eigentlich noch schuldig für die Zeche gestern?«

»Nichts, Georg, ging alles aufs Haus sozusagen!«

Hiebler dachte kurz nach, was Deschel damit meinte, ersparte sich dann jedoch, weiter nachzufragen. Er zog seinen Mantel aus und setzte sich an den zweiten Schreibtisch. »Sag mal, wer sitzt eigentlich sonst hier?«, fragte er Deschel.

»Der Johann«, antwortete dieser. »Ist Oberwachtmeister wie ich, nur gerade im Krankenstand.«

»Was Schlimmes?«, fragte Hiebler.

»Die haben ihm in der Uniklinik die Gallenblase herausgenommen, und jetzt muss er sich erholen. Man will es kaum glauben, was die Ärzte heutzutage leisten, oder? Schneiden den Bauch auf, nehmen ein defektes Organ heraus und nähen dann wieder zu, als ob sie das Loch in einem Socken stopfen.«

Deschel schüttelte ungläubig den Kopf.

»Du kannst da also ruhig sitzen bleiben. Es wird sicher Mitte Februar werden, bis Johann wieder einsatztauglich ist. Gerade jetzt könnte ich ihn allerdings gut brauchen, bei der ganzen Arbeit, die es zu erledigen gilt.«

Hiebler kräuselte die Stirn. Bisher hatte er nicht mal im Ansatz den Eindruck, dass Deschel überarbeitet war.

»Warum, was hast du denn so viel zu tun?«, fragte er.

»Fasching, Fastnacht, Karneval! Nenn es, wie du willst, das Ergebnis ist das gleiche«, erwiderte Deschel.

Hiebler blickte ihn verwundert an.

»Na, hast du eine Ahnung, was in gut einer Woche hier los ist? Da gilt es, die Einsatzpläne optimal abzugleichen. Verstärkung aus den umliegenden Gemeinden und Hilfskräfte müssen organisiert, Straßensperren müssen abgesteckt werden.«

»Verstehe«, erwiderte Hiebler. »Ich wusste gar nicht, dass bei euch Fasching so groß gefeiert wird.«

»Sicherlich mehr als bei euch in München«, konterte Deschel brüsk. »Das ist jedes Jahr das gleiche Chaos, nur wird dieses Jahr die Stadt noch voller sein.«

»Wie kommt's?«, fragte Hiebler.

»Na, weil irgendein besonders kluger Kopf auf die Idee gekommen ist, den Weltkongress der sogenannten Theosophischen Gesellschaft überlappend mit dem Fasching hier in Würzburg auszutragen. Neben den ganzen Betrunkenen sind also nochmal geschätzte 300 Spinner zusätzlich in der Stadt! Die Ordnungsmacht muss in weiser Voraussicht organisieren, sonst herrscht hier Chaos, du verstehst?«

Hiebler blickte verwirrt auf Deschel. »Diese Theosophische Gesellschaft scheint mich zu verfolgen. Meine Pensionswirtin hat auch schon zweimal davon erzählt. Was ist das eigentlich? Tut mir leid, aber ich kann mir unter dem Begriff ›Theosophie‹ oder ›theosophisch‹ nichts vorstellen.«

Deschel schmunzelte.

»Das ehrt dich in gewisser Weise, Georg. Aber wenn du Würzburger bist und nicht mit Blindheit oder Dummheit geschlagen bist, kommst du nicht umhin, die Theosophen zu kennen oder sogar Kontakt mit dem einen oder anderen Mitglied der Gesellschaft zu haben. Diese Stadt ist so was wie ihre Zentrale im Deutschen

Reich. Ganz schlimm war es bis Mitte letzten Jahres, als auch noch die Großmeisterin, Gründerin und Präsidentin der Theosophischen Gesellschaft, Helena Blavatsky, in Würzburg gewohnt hat. Da sind einige fast durchgedreht. Wenn die alte Frau in ihrem Rollstuhl die Ludwigstraße auf und ab geschoben wurde, hat sich hinter ihr eine Traube von Menschen gesammelt, als ob der Prinzregent persönlich bei ihr auf dem Schoß sitzen würde.«

Hiebler blickte erstaunt. »Aber was sind denn nun bitte Theosophen?«, fragte er. »Theologen? Philosophen? Eine Mischung aus beiden?«

Deschel lachte zynisch.

»Genau kann ich dir das nicht sagen. Für mich ist das so eine Art Sekte – und das im katholischen Würzburg. Das sind Spiritisten und Geisterbeschwörer auf der Suche nach dem Übernatürlichen oder was auch immer.«

Er schüttelte schmunzelnd den Kopf.

»Georg, ich bin Gendarm, kein Gelehrter. Ich kann dir nur sagen, dass da Personen verkehren, die sonst eigentlich eher wenig auffallen: Universitätsprofessoren, Politiker, vernünftige und renommierte Personen, die aber hin und wieder durchdrehen.«

»Inwiefern?«, fragte Hiebler.

»Na ja, der Tempel der Theosophen ist in der Ludwigstraße sechs, nicht weit von deiner Pension. Meistens kriegt man gar nichts mit, was da so passiert hinter den mit dicken Vorhängen abgedunkelten Fenstern. Manchmal fangen sie aber auch an zu schreien oder schrecklich laut ausländische Lieder zu singen. Vor zwei Jahren hat sich mal ein Nachbar in der Ludwigstraße beschwert und uns geholt. Er meinte, dass dort unzüchtige Orgien gefeiert würden. Also bin ich mit Wachtmeister Betzel hin. Das Dienstmädchen hat uns reingelassen. Und was sehen wir: keine Orgie, aber erwachsene Menschen, die sich an den Händen halten und wie Wölfe heulen – furchtbar war das. Und ob du es glaubst oder nicht, neben dieser Blavatsky und ihrem Anhang sehe ich bekannte Gesichter der Würzburger Gesellschaft. Im Übrigen war dein Lindahl auch mit von der Partie.«

Hiebler hörte aufmerksam zu. Die Geschichte begann ihn nun zu interessieren.

»Das hat Frau Reckziegel auch behauptet, dass Lindahl dort öfter anzutreffen war«, sagte er nachdenklich.

»Letztes Jahr um diese Zeit war dort fast jeden Abend was los. Um 18 und nach 21 Uhr hat man bis zu 50 Personen vor dem Haus gesehen.«

»Und was haben die da gemacht?«, fragte Hiebler.

»Na, Geister beschworen, dunkle Messen gefeiert, was weiß denn ich«, erwiderte Deschel gereizt. »Wenn du es genau wissen möchtest, dann frag meinen Schwager, den Severin Knoll. Der macht gute Geschäfte mit der ganzen Bagage. Der kennt und kannte jeden, der dabei war. Ich weiß nur, dass, nachdem die Großmeisterin Blavatsky fluchtartig die Stadt verlassen hatte, weitgehend Ruhe in der Ludwigstraße eingekehrte. Für mich war der Spuk vorbei – im wahrsten Sinne des Wortes. Umso unwohler ist mir jetzt bei dem Gedanken, dass demnächst über 300 dieser Spinner nach Würzburg kommen. Und Fasching ist auch noch!«

Hiebler dachte nach.

»Weißt du was, Friedhelm? Eigentlich wollte ich mit dir den Inhalt von Lindahls Akte heute durchgehen«, sagte er schließlich. »Aber ich glaube, dass wir das verschieben müssen. Diese Geschichte mit der Theosophischen Gesellschaft erscheint mir eine interessante Spur zu sein. Wo genau finde ich denn deinen Schwager, den Fotografen?«

»In der Handgasse«, antwortete Deschel lapidar. »Und richte ihm bitte einen schönen Gruß von mir aus.«

Kapitel sieben

Das Atelier des Herrn Knoll in der Handgasse war nicht zu verfehlen. In der Straße waren insgesamt nicht mehr als fünf Häuser auf jeder Seite. Hiebler blickte in das Schaufenster und sah dort als Auslage neben Abbildungen der Residenz, des Doms und der Mainbrücke die Porträtaufnahmen einiger Mitglieder der Königsfamilie.

An der Glasscheibe der Tür hing von innen ein Schild mit der Aufschrift »geöffnet«. Also trat er ein. An der Tür war eine Glocke befestigt, die beim Öffnen und Schließen laut bimmelte. Im Laden selbst war niemand. Hiebler blickte sich um, als er aus einem der hinteren Räume eine Stimme hörte: »Bin gerade beim Entwickeln der Bildplatten! Nehmen Sie bitte Platz, ich bin gleich da!«

»Ist recht!«, rief Hiebler in Richtung der Stimme und blickte sich im Atelier um. Er sah ein mit schweren schwarzen Vorhängen abtrennbares Abteil mit einer Kamera und dem gemalten Hintergrund einer hügeligen Landschaft und eines Flusses. An die seitliche Wand gelehnt waren weitere Hintergrundmotive: eine Berglandschaft sowie die Würzburger Innenstadt. Hier werden wohl Porträtaufnahmen gemacht, vermutete Hiebler. Neben dem Abteil stand ein kleines Sofa, gegenüber hiervon standen in einer Ecke zwei Stühle. Hiebler setzte sich hin und wartete auf Herrn Knoll. Neben den Stühlen stand ein Hängemappenwagen mit geöffnetem Deckel. Hiebler drehte sich zur Seite und blätterte neugierig durch die noch nicht eingerahmten Bilder. Eine Aufnahme machte ihn stutzig. Er stand auf und beugte sich vor, um sie genauer betrachten zu können.

Das ist doch die Frau Reckziegel, dachte er sich. Richtig rausgeputzt hat sie sich für das Bild, obwohl sie etwas freundlicher in die Kamera hätte blicken können. Der Hintergrund, vor dem sie sitzt, ist aber seltsam und sicherlich nicht eines von den Motiven, die dort vorne stehen.

Hiebler beugte sich noch weiter vor. Er hätte jetzt gerne eine Lupe gehabt. Oberhalb des Scheitels von Frau Reckziegel entdeckte er eine schwebende dunkle Kontur mit weißen Flecken an der Spitze und in der Mitte des Schattens. Er kniff die Augen zu und versuchte, das Bild weiter einzuordnen. Er schüttelte nachdenklich den Kopf, dann lockerten sich seine Gesichtszüge. Hiebler fing zu lächeln an.

»Gefällt Ihnen, was Sie da sehen?«, hörte er plötzlich eine Stimme in seinem Rücken.

Hiebler drehte sich erschrocken um. Er sah einen kleinen, dicken Mann in einem grauen Arbeitskittel. Der Mann hatte eine Halbglatze, kleine dunkle Augen, wulstige Lippen und war bartlos.

»Entschuldigen Sie bitte meine Neugierde«, erwiderte Hiebler. »Herr Knoll?«

»Ja, der bin ich!«, erwiderte Knoll.

»Freut mich, mein Name ist Hiebler. Ich komme aus München und arbeitete für die Regierung Seiner königlichen Majestät.«

Knoll zog verwirrt den Kopf zurück. »Aha!«, erwiderte er.

»Weiterhin soll ich Sie von Ihrem Schwager Friedhelm Deschel grüßen, bevor ich es vergesse«, fuhr Hiebler fort.

Knoll begann nun zu lächeln. »Danke! Wie kann ich Ihnen helfen?«

»Oberwachtmeister Deschel hat mir von Ihrer Tätigkeit als Tatortfotograf erzählt. Ich wollte Sie diesbezüglich etwas fragen. Vorab wäre ich jedoch an diesem Bild interessiert.«

Hiebler zeigte auf die Fotografie von Frau Reckziegel.

»Das ist leider eine Bestellung einer Kundin, die kann ich Ihnen nicht einfach so verkaufen«, sagte Deschel.

»Schade, dennoch finde ich das Bild sehr interessant!«, erwiderte Hiebler. »Können Sie mir vielleicht erklären, was die Silhouette da im Hintergrund der Dame darstellt? Das sieht ja aus wie ein Gespenst.«

Knoll hob die Augenbrauen und streckte das Kinn vor.

»Das, was Sie hier sehen, ist ein Bilddokument«, erwiderte er stolz. »Die Fotografie ermöglicht uns eine objektive Darstellung der Welt. Sie zeigt uns die Welt nicht nur, wie wir sie wahrnehmen, sondern so, wie sie tatsächlich ist!«

»Aha, das ist ja interessant«, erwiderte Hiebler.

»Im Gegensatz zum menschlichen Blick ist die Fotografie unbestechlich, müssen Sie wissen. Auch das, was wir als übernatürlich bezeichnen, kann durch sie abgebildet werden. Wir Menschen können zwar durch Hypnose, Meditation oder in Séancen Kontakt zur Geisterwelt herstellen, sehen kann unser Auge jedoch nichts dergleichen. Die Wahrnehmung des Übernatürlichen oder Geisthaften bleibt uns verborgen. Das kann nur die Fotografie. Sie dient als Beweis der Existenz von übernatürlichen Erscheinungen«, fuhr Knoll fort. »Dieses Bild, welches Sie so interessant finden, ist eine Geisterfotografie. Eine trauernde Witwe hatte den Kontakt zu ihrem geliebten verstorbenen Ehemann hergestellt. Der Geist des Ehemanns hatte die Witwe besucht, und die Begegnung wurde durch das Bild dokumentiert.«

»Aha! So ist das also«, bemerkte Hiebler lapidar.

Knoll hatte mehr Begeisterung oder Überraschung erwartet. Etwas verwirrt blickte er auf Hiebler. »Die Witwe ist mir übrigens sehr dankbar für das Bild. Sie müssen wissen, dass die Anfertigung eines Geisterbildes hohe Anforderungen an den Fotografen stellt.«

»Das kann ich mir vorstellen«, erwiderte Hiebler und begann zu schmunzeln. »Irgendwie kommt mir die Dame auch bekannt vor. Ist das nicht Frau Reckziegel, die Wirtin der *Pension Altbayern*?«

»Sie kennen die Dame?«, erwiderte Knoll.

»Flüchtig«, sagte Hiebler.

»Dann wissen Sie vielleicht, dass ihr geliebter Ehemann …«

»… betrunken von einer Pferdekutsche überfahren wurde«, fiel Hiebler ihm ins Wort. »Dieses Gespenst ist dann also ihr Mann?«

»Korrekt!«, antwortete Knoll.

Hiebler beugte sich erneut über das Bild.

»Sagen Sie, Herr Knoll, ist dieser Fleck an der rechten Schläfe dann die Stelle, mit der Herr Reckziegel auf dem Pflaster aufschlug?«

Knoll beugte sich nun ebenfalls über das Bild.

»Das kann sehr gut sein«, erwiderte er. »Sie sind ein guter Beobachter, Herr – wie war nochmal der Name?«

»Hiebler, Georg Hiebler. Darf ich Sie noch etwas zu dem Bild fragen?«, fuhr dieser fort.

»Äh, ja, … selbstverständlich«, stammelte Knoll.

»Könnte es sein, dass der Geist des Herrn Reckziegel seinen Hosenlatz offen hat? Man sieht weiße Unterwäsche durch die schwarze Anzughose, soweit man es auf der unscharfen Aufnahme erkennen kann. Auch muss ich feststellen, dass Herr Reckziegel zum Zeitpunkt seines Todes sehr elegant gekleidet war. Ungewöhnlich, oder?«

»Das ist ein Geist!«, rief Knoll erzürnt. »Warum fragen Sie mich so etwas? Woher soll ich das wissen?«

Hiebler positionierte sich nun direkt vor Knoll. Er war gut einen halben Kopf größer als der Fotograf.

»Wissen Sie was, Herr Knoll? Wenn Sie mich fragen, ist das keine Geisterfotografie, sondern ein Taschenspielertrick. Man könnte es auch als Betrug bezeichnen!«

»Was erlauben Sie sich! Ich bin …«, stammelte Knoll wütend.

»Seien Sie ruhig, Knoll!«, fiel ihm Hiebler ins Wort. »Ich weiß zwar nicht, wie Sie das machen, bin mir jedoch sicher, dass das Gespenst nicht Herr Reckziegel ist, sondern der im letzten November verstorbene Herr Lindahl. Weiter ist mir durch Ihren Schwager, den Gendarmen Deschel, bekannt, dass Sie Lindahls Leiche am Tatort fotografiert haben. Und genau das, was hier über Frau Reckziegel schwebt, ist Ihr Bild von Lindahl.«

Knoll wurde bleich und setzte sich auf einen der beiden Stühle.

»Sie haben jetzt zwei Möglichkeiten, Herr Knoll«, fuhr Hiebler nach einer Weile fort. »Entweder Sie erzählen mir, was diese Geisterfotografie genau ist und wie Sie das machen, oder Sie leugnen, dass es sich hierbei um die Leiche des Herrn Lindahl handelt, und ich strenge eine Untersuchung gegen Sie an! Wenn es dumm für Sie läuft, gibt es Kerkerhaft.«

Knoll grübelte. Trotz der Kälte in dem Atelier bildeten sich Schweißperlen auf seiner Stirn.

»Sie haben ja recht«, erwiderte er schließlich kleinlaut. »Das ist nicht der Geist des Herrn Reckziegel, sondern Lindahls Leiche. Ich muss jedoch zu meiner Rechtfertigung feststellen, dass die Witwe Reckziegel genauso ein Bild in Auftrag gegeben hat.«

»Und wie funktioniert das?«, fragte Hiebler.

»Eigentlich ganz einfach: Ich fotografiere Leichen. Dann wird die gleiche Bildplatte vor der Entwicklung ein zweites Mal für die Porträtaufnahme einer real existierenden Person genutzt. Somit habe ich einen unscharfen Geist im Hintergrund der Aufnahme einer lebenden Person.«

»Raffiniert!«, erwiderte Hiebler lächelnd. »Und ich schätze mal, dass solche Geisterbilder für den Auftraggeber nicht gerade billig sind.«

Knoll hob die Schulter. »Na ja, von irgendwas muss man ja leben.«

»Kann es sein, dass Sie Ihre Aufträge vor allem aus dem Kreis der Mitglieder der Theosophischen Gesellschaft erhalten?«, fragte Hiebler.

Knoll nickte. »Wenn Sie alles wissen, warum fragen Sie dann? Das sind meine besten Kunden. Ich kann Ihnen nur sagen, dass die ganz verrückt darauf sind. Frau Reckziegel ist ja auch Mitglied der Theosophen. Letztes Jahr, als die alte Blavatsky noch in Würzburg war, bin ich mit den Aufträgen für Geisterbilder gar nicht mehr hinterhergekommen. Mir sind die Bilder von echten Leichen ausgegangen. Ich hatte Angst, dass das auffällt, wenn immer der gleiche Geist erscheint. Dann habe ich angefangen, mich selbst als Leiche zu schminken und zu fotografieren. Manchmal habe ich auch einfach nur ein Bettlaken über eine Kleiderpuppe geworfen. Verrückt, das alles!«

Hiebler fing zu lachen an.

»Dennoch bleibt es Betrug«, sagte er schließlich wieder mit ernster Miene. »Aber ich mache Ihnen einen Vorschlag, Herr Knoll. Wenn Sie das nächste Mal einen Termin bei der Theosophischen Gesellschaft zur Dokumentation der Geisterwelt haben, nehmen Sie mich mit. Ich bin Ihr Assistent. Und wenn alles so läuft, wie ich es mir verspreche, werde ich ein Auge zudrücken und Sie vor einer Strafverfolgung verschonen.«

Knoll blickte zu Boden.

»Was bleibt mir anderes übrig«, erwiderte er zerknirscht. »Nächsten Sonntag am frühen Abend muss ich wieder Bilder machen. Kommen Sie um vier Uhr nachmittags vorbei, dann kann ich Sie etwas mit der Fotografie vertraut machen. Sonst fällt das auf!«

»Abgemacht, Herr Knoll! Ich komme dann in vier Tagen«, sagte Hiebler und hielt Knoll die rechte Hand hin.

»Abgemacht!«, erwiderte dieser und schlug ein.

Nachdem Hiebler das Atelier verlassen hatte, war er zunächst zufrieden mit sich selbst. Eigentlich wollte er nur mehr über diese Theosophische Gesellschaft in Erfahrung bringen, jetzt hatte er die Möglichkeit, in nur vier Tagen sogar an einem Treffen der Gesellschaft teilzunehmen. Es begann, in Hieblers Kopf zu arbeiten.

Geisterbilder, Beschwörungen, Séancen, Hypnose – wie kam man darauf, sich mit diesen Dingen zu beschäftigen, eine Gesellschaft zu gründen und, wie es schien, ganze Menschenmassen damit anzuziehen? Wir lebten mittlerweile in einer Welt der Technologie und der Wissenschaft. Einer Welt, in der für alles eine Erklärung gefunden werden konnte. Ich dachte, dass die Zeit des dunklen Mittelalters für immer und ewig vorbei war. Und doch gab es scheinbar eine Vielzahl von klugen und hochgeachteten Personen, die sich mit solchen Dingen beschäftigten und von Taschenspielertricks wie denen des Fotografen Knoll überlisten ließen. Und was hatte Lindahl mit all dem zu tun? Laut Frau Reckziegel war er jahrelang in der Führungsriege dieser Gesellschaft gewesen, um dann aber plötzlich keine Rolle mehr zu spielen. Was war der Grund hierfür? Musste er vielleicht deswegen sterben? Wusste er zu viel? Aber *was* wusste er?

Hieblers Kopf brummte. Zu den Nachwirkungen des Silvaners der letzten Nacht kamen die vielen offenen Fragen hinzu, die er sich stellen musste.

Er trottete mit hochgeschlagenem Kragen und nachdenklich zu Boden gerichtetem Blick die Eichhornstraße hinunter Richtung Rathaus.

Die Passanten um ihn herum und die Droschken auf der Straße nahm er nicht wahr.

Im rechten Augenwinkel meinte er, eine Gestalt zu sehen, einen schwarzen Schatten, der schnell geradewegs in seine Richtung lief und wie aus dem Nichts aufgetaucht war.

Dann spürte er einen heftigen Schmerz in der rechten Flanke. Er verlor das Gleichgewicht und stürzte auf die Straße.

Hiebler rief noch empört dem Schatten hinterher: »Was zum Teufel …«, als er plötzlich Pferdegewieher und eine Stimme hinter sich laut schreien hörte: »Vorsicht! Weg da!«

Hiebler drehte sich in Richtung der Lärmquelle.

Er sah zwei Pferde über sich.

Die Tiere bäumten sich vor ihm auf und schlugen wild mit den Vorderhufen aus.

Instinktiv drehte sich Hiebler zur Seite.

Er spürte einen heftigen Schlag am Hinterkopf.

Dann wurde es dunkel.

Kapitel acht

»Georg? Geeeooorg!«

Hiebler hörte aus der Ferne eine Stimme seinen Namen rufen.

»Georg! Mach die Augen auf!«

Die Stimme war jetzt näher.

Hiebler stöhnte laut. Er hatte fürchterliche Kopfschmerzen.

»Geeeooorg! Augen auf!«, hörte er erneut die Stimme.

Mühsam öffnete er die Augen. Er sah auf einem dunkelblauen Hintergrund etwas golden glänzen. Es sah aus wie zwei Löwen, die links und rechts ein Wappen flankierten.

Oberhalb des goldenen Wappens war ein spitzer, ebenfalls goldener Stab, unterhalb davon erschien ein bartloses Gesicht, welches von mittellangen grauen Haaren umrandet war. Das Gesicht lächelte breit.

Es war Oberwachtmeister Deschel.

»Georg, was machst du denn für Sachen?«, fragte Deschel. »Ich mache hier meine Nachmittagsrunde und sehe dich plötzlich bewusstlos auf der Straße liegen.«

Hiebler verzog schmerzverzerrt das Gesicht. Er richtete seinen Oberkörper auf, was erneut heftige Kopfschmerzen verursachte. Unbewusst fasste er sich an den Hinterkopf und ertastete etwas klebrige Flüssigkeit – sein eigenes Blut. Er blickte sich um und sah die Gesichter einiger verwunderter Passanten, die das Geschehen scheinbar beobachtet hatten. Nicht weit entfernt stand eine Droschke.

»Lebt er?«, fragte der Kutscher der Droschke Deschel.

»Lebt, atmet, reagiert und bewegt sich!«, antwortete Deschel.

»Na, Gott sei Dank«, sprach der Kutscher weiter. »Wenn ich nicht sofort die Bremse reingehauen und die Gäule am Zügel gezogen hätte, wäre es aus mit ihm gewesen. Fällt da plötzlich auf die Straße direkt vor meine Droschke.«

»Alles in Ordnung!«, rief Deschel dem Kutscher zu. »Sie können weiterfahren.«

Der Kutscher schüttelte den Kopf, dann gab er einen Schnalzlaut von sich und trieb mit der Peitsche die Pferde an.

»So, jetzt komm, Georg. Aufstehen! Du musst von der Straße runter«, sagte Deschel zu Hiebler. Er stellte sich hinter ihn und half ihm hoch.

Mühsam richtete sich Hiebler mit Deschels Hilfe auf. Sein Schädel brummte, aber die Wunde an seinem Hinterkopf schien nicht mehr zu bluten.

Deschel warf einen Blick auf die Verletzung und tastete vorsichtig die Stelle ab.

»Ich bin zwar kein Arzt«, sagte er, »würde aber sagen, dass das außer einer gewaltigen Beule und oberflächlichen Abschürfung nichts Schlimmeres ist. Wie geht es dir denn?«

»Geht schon wieder«, ächzte Hiebler. Verwirrt blickte er sich um.

»Aber wo ist der Idiot, der mich vor die Kutsche gestoßen hat?«, fragte er zornig. »Wo ist er? Diese Kanaille hat mich fast umgebracht!«

»Da war niemand und da ist niemand«, sagte Deschel. »Du hast nicht auf die Straße gesehen und bist gestolpert, Georg.«

»Unsinn!«, erwiderte Hiebler erbost. »Ich lass mich doch nicht vor ein Pferdegespann fallen. Für wie blöd hältst du mich eigentlich?«

»Ruhig bleiben, Georg«, beschwichtigte Deschel ihn. »Jetzt komm mal mit ins Rathaus. Dort ist ein Arzt. Der soll sich die Wunde anschauen, und dann reden wir über alles.«

Deschel griff Hiebler am Arm und führte ihn weg.

Hiebler schüttelte Deschels Hand wütend weg und fasste sich an den Kopf. »Lass mich los! Ich kann alleine gehen.«

Nachdem Hiebler im Rathaus von dem Arzt untersucht worden war, überlegte er kurz, in seine Pension zu gehen, um die schmutzige Kleidung abzulegen und sich hinzulegen. Dann beschloss er zu bleiben. Er wollte nach Antworten auf offene Fragen suchen. Da Deschel einen Gesprächstermin bei Siebert hatte, zog er sich alleine in das Oberwachtmeisterzimmer zurück. Außerdem war Hiebler wütend. Wütend auf die Stadt Würzburg, die ihm nur Kopfschmerzen bereitete, wütend auf sich selbst, dass er vor die Kutsche gefallen war, und wütend auf Deschel, der ihn behandelte wie ein kleines Kind.

Da war jemand. Ich wurde definitiv gestoßen, dachte er sich. Warum hatte Deschel nichts unternommen? Er musste doch auch den Täter gesehen haben, wenn er sofort zur Stelle war? Er hatte nicht mal versucht, nach der Person Ausschau zu halten. Warum machte er das? Vielleicht hatte mich Knoll, sein Schwager, gestoßen. Er hätte ausreichende Gründe dafür gehabt, nachdem ich ihm mit seinen Geistertricks auf die Schliche gekommen war. Deckte Deschel ihn etwa? Andererseits war Knoll viel kleiner als die Person, die mich geschubst hatte. Das war ein Stoß, als ob mich ein Stier rammte.

Hiebler grummelte. Er strich sich mit der Hand über Bart und Scheitel, um wenigstens bezüglich seiner Kopfhaare wieder Ordnung herzustellen.

So komme ich nicht weiter. Ich muss eine Sache nach der anderen erledigen, nahm er sich vor.

Er kramte seinen Notizzettel aus der Manteltasche, faltete ihn auf und strich ihn auf dem Tisch glatt. Dann nahm er seinen Tintenfüller, schraubte die Kappe ab und begann zu schreiben:

1. Theosophische Gesellschaft / Großmeisterin Blavatsky: Ziele? Hintergrund?

2. Tatwaffe: Modell Mauser*?*
3. Motiv: Wer wollte L. töten? Und wer will mich töten?

Er saß grübelnd über den geschriebenen Zeilen. Dann machte er sich einen Plan für die nächsten Tage. Zunächst wollte er in der Bibliothek der Stadt recherchieren. Er musste mehr zur Theosophischen Gesellschaft erfahren. Dann wollte er Deschel zu dem Revolver fragen und schließlich bei allen Personen, die mit Lindahl zu tun hatten, nach einem möglichen Motiv suchen.

Gerade als Hiebler sich auf den Weg in die Stadtbibliothek begeben wollte, kam Deschel zur Türe herein.

»Und, geht es dir wieder besser?«

»Geht so«, antwortete Hiebler.

Deschel nickte zufrieden, zog sich seine Uniform aus und legte die Pickelhaube auf die Hutablage. Er setzte sich an seinen Schreibtisch und nahm eine Akte von einem der beiden neben ihm aufgetürmten Stapel.

Hiebler beobachtete ihn dabei.

»Du, sag mal, Friedhelm«, begann er schließlich, »kann es sein, dass die Würzburger Gendarmerie außer diesem dämlichen Faschingstreiben, das demnächst stattfinden soll, nichts interessiert?«

Deschel blickte verwundert auf Hiebler. »Was meinst du denn damit?«

»Ich werde vor eine Kutsche gestoßen, und dir ist es egal.«

»Himmel, Georg! Das ist mir nicht egal, da war nur niemand!«, erwiderte Deschel wütend.

»Ach so! Da war nichts? Genauso wenig wie bei deinem Schwager, der ehrliche Menschen mit fotografischen Tricks betrügt. Auch da ist nichts, oder? Zumindest unternimmst du nichts.«

Deschel verdrehte die Augen. »Du hast Severins Zauberbilder gesehen? Georg, ich bitte dich! Die Leute wollen das doch nicht anders. Das sind Spielereien.«

»Aha, Spielereien sind das. Und dass vor zwei Monaten ein Mord begangen wurde, der als Selbstmord getarnt war, hältst du wohl auch für eine Spielerei. Dir und Siebert, oder wem auch immer, ist scheinbar alles komplett egal!«

»Georg, jetzt reicht es!«, rief Deschel und stand auf. »Geh in deine Pension und ruh dich aus. Aber lass mich bloß mit deinen Hirngespinsten in Frieden.«

»Ich möchte ja nur wissen, warum hier niemand auch nur im Ansatz etwas unternimmt, um offene Fragen zu klären. Lindahl ist ermordet worden, und fast wäre mir das Gleiche passiert! Also beweg dich endlich und ermittle!«

Deschel wurde zunehmend rot im Gesicht.

»Du spinnst wohl!«, erwiderte er. »Ich kümmere mich um dich, bin nett und freundlich. Und was machst du? Du beschimpfst mich! Wenn es dir hier nicht passt, kannst du gerne wieder in dein München zurückfahren. Da fällst du dann vielleicht nicht vor die Kutsche und findest auch alleine dein Bett, wenn du betrunken bist. Wir brauchen dich oder andere studierte Affen nicht in Würzburg. Die Gendarmerie hat die Stadt im Griff!«

»Aha, ist das so?«, erwiderte Hiebler und ging ein paar Schritte auf Deschel zu. »Ich möchte ja nicht wissen, wer hier alles mit wem unter einer Decke steckt. Der eine schützt den anderen. Hauptsache der Wein schmeckt, und jeder lacht, oder? So ist es euch am liebsten. Aber eines kann ich dir sagen: Ich habe einen Auftrag, den ich erfüllen werde. Und du als Gendarm Seiner Königlichen Majestät, des Prinzregenten Luitpold, bist verpflichtet, mir dabei zu helfen. So sieht es nämlich aus!«

Deschel blickte hasserfüllt auf Hiebler. Dann setzte er sich hin und widmete sich wieder seiner Akte. »Ach, lass mich doch in Ruhe«, brummte er vor sich hin.

»Nein, das werde ich nicht, Herr Oberwachtmeister Deschel!«, rief nun Hiebler erbost. »Und wenn wir schon so nett miteinander reden, nachdem du ja ständig versuchst, meinen Fragen auszuweichen: Von wem stammt eigentlich der Revolver, mit dem Lindahl erschossen wurde?«

Deschel sah kurz auf, dann blätterte er wieder durch die Akte.

»Lindahl wird mit einem Revolver der Marke *Mauser* erschossen und lässt seinen schwedischen Armeerevolver zu Hause liegen. Habt ihr euch eigentlich nie darüber Gedanken gemacht, dass das etwas ungewöhnlich ist? Habt ihr überprüft, wo der *Mauser*-Revolver herkommt? Wer benutzt denn noch so ein Fabrikat, Deschel, hm, wer könnte das sein?«

»Lass mich in Ruhe, Georg!«, wiegelte Deschel ab.

»Ich kann es dir sagen«, fuhr Hiebler fort. »Die bayerische Armee benutzt die. So, Friedhelm, und jetzt sagst du mir, wie ein Schwede an einen bayerischen Armeerevolver kommt.«

»Du sollst mich in Ruhe lassen!«, schrie nun Deschel. Sein Gesicht war knallrot. Auf der Stirn bildete sich eine tiefe Zornesfalte. »Was kann denn ich dafür, dass das Ding plötzlich weg ist?«

Hiebler blickte jetzt verwirrt auf den Oberwachtmeister. Diese Antwort hatte er nicht erwartet.

»Du … du meinst … die Waffe …«, stammelte er.

»Ja!«, erwiderte Deschel genervt. »Nicht nur die bayerische Armee, sondern auch die Gendarmerie benutzt *Mauser*-Revolver. Dummerweise ist mir meine Waffe Anfang November abhandengekommen. Ich weiß nicht, wie: gestohlen, aus der Tasche gefallen, was auch immer. Vielleicht hat mir Lindahl die Waffe geklaut, bevor er sich damit erschossen hat. So gerissen, wie der war, trau ich ihm das zu.«

»Du meinst, dass Lindahl möglicherweise mit deiner Waffe getötet wurde?«, fragte Hiebler.

»Was weiß denn ich?«, antwortete Deschel.

»Und ihr habt die Spur nicht weiterverfolgt?«, fragte Hiebler weiter.

Deschel schüttelte den Kopf. »Siebert meinte, dass das sowieso niemanden interessieren würde. Und ich war froh, dass es nicht an die große Glocke gehängt wurde. Hat mir viel Ärger erspart, das nicht zu melden. Außerdem brauche ich das Ding ja eh nicht. Habe ich dir aber schon mal erzählt.«

Hiebler schüttelte den Kopf. »Das fasse ich nicht! Ihr müsst der Sache doch nachgehen. Egal, wer den Revolver nun gefunden oder geklaut hat. Das ist eine Tatwaffe!«

Deschel blickte müde zu Hiebler auf. »Ach, Georg, der Siebert hat uns schon gewarnt, als er uns deine Ankunft angekündigt hat. ›Dieser Münchner Assessor wird nur Ärger und Arbeit bedeuten‹, hat er gesagt. ›Ihr könnt ihn noch so nett behandeln – danken wird er es euch nicht. So sind sie, diese höheren Beamten!‹ – und weißt du was, Georg? Recht hat er gehabt!«

»Ich fasse es nicht!«, wiederholte Hiebler und verließ kopfschüttelnd den Raum.

Hiebler ging über die langen Flure des Rathauses und dachte nach.

Dass Lindahl sehr wahrscheinlich mit der Waffe eines Gendarmen erschossen wurde, machte die Angelegenheit diffizil. War möglicherweise Deschel selbst in die Sache verstrickt? Der nette Unterfranke als kaltblütiger Mörder? Eigentlich nicht vorstellbar.

Oder doch? Hatte Deschel womöglich im Auftrag gehandelt?

Oder hatte er die Waffe jemand anderem gegeben, der sich Lindahl vom Hals schaffen wollte? Seinem Schwager vielleicht?

Nein! Nein! Georg, denk nach! Alles Vermutungen, keine Beweise, kein richtiges Motiv.

Aber irgendetwas musste doch unternommen werden.

Siebert kontaktieren? Er war schließlich der Chef der Gendarmerie und musste solche Dinge verantworten. Aber wusste der nicht eh schon alles? Und was hatte er gemacht? Nichts!

Sollte ich also besser ein Telegramm nach München schicken und auf die Zustände in Würzburg hinweisen? Das würde ziemlichen Wind verursachen. Mit den bisher vorliegenden Beweisen bestand aber das Risiko, dass ich mich lächerlich machte, nichts konnte belegt werden und das Ende meiner Karriere war besiegelt.

Aufhören? Alles bleiben lassen, wie es war, und zurück nach München fahren? Und was sollte ich dann dem Minister berichten?

Oder doch so weitermachen, wie ich es mir erst vor wenigen Minuten vorgenommen hatte? Hiebler entschied sich für letztere Option. Es galt, Beweise zu sammeln und den Fall aufzuklären – und wenn es sein sollte, dann eben alleine und ohne Unterstützung der Gendarmerie. Er nickte sich selbst zu und marschierte in das Grundbuchamt. Anschließend wollte er in die Stadtbibliothek. Am Sonntag stand ein Termin bei der Theosophischen Gesellschaft in der Ludwigstraße an, zu dem er gut vorbereitet erscheinen wollte.

Der Besuch im Grundbuchamt war rasch erledigt. Hiebler wollte wissen, wer für das Gebäude an der Ludwigstraße sechs als Eigentümer eingetragen war. Vermerkt war eine Gräfin Constance von Wachtmeister, geboren am 28. März 1838 in Florenz. Die Person war Hiebler nicht bekannt. Ungewöhnlich und für seine Ermittlungen nicht irrelevant war jedoch die Nationalität der Gräfin. Sie war Schwedin!

Lindahl und Wachtmeister – zwei Schweden in Würzburg? Beide Nachbarn in der Ludwigstraße und beide in der Theosophischen Gesellschaft aktiv! Das sollte ein Zufall sein? Wohl kaum, dachte er sich und ging weiter in die Bibliothek.

Der Leseraum und die Bibliothek waren im Rathausgebäude untergebracht. In der Mitte eines großen Raums standen kleine Tische mit jeweils ein bis zwei Stühlen. Am Eingang war ein Informationstisch, auf dem die Kataloge der Buchbestände lagen. Dahinter stand ein Beamter der Stadt. Alle Wände des großen Raums einschließlich der Fensterfront waren bis zur Decke mit Regalen bestückt, die ihrerseits voll mit Büchern waren.

Hiebler ging zu dem Bibliothekar und fragte nach allen verfügbaren Büchern und Zeitschriftenartikel von Helena Blavatsky.

Der Bibliothekar nickte. Er ging zielstrebig zu einem Regal und zog zwei dicke Bücher heraus: *Isis entschleiert* sowie *Die Geheimlehre* standen als Titel darauf.

»Ich hoffe, Sie haben Zeit mitgebracht«, sagte der Bibliothekar, nachdem er die Bücher auf einen der Lesetische gelegt hatte. »Wenn Sie das alles lesen wollen, brauchen Sie drei Tage.«

Hiebler nickte. »Machen Sie sich keine Sorgen. Ich nehme mir die Zeit.«

Der Beamte zuckte mit den Schultern, schlurfte zu einem anderen Regal und kam mit einem Stoß von Magazinen zurück. »Dann wird Sie das wohl auch interessieren«, sagte er und legte die Zeitschriften neben die Bücher.

»Vielen Dank«, erwiderte Hiebler, nahm sich einen Stuhl, setzte sich an den Tisch und warf einen Blick auf die Magazine. Es waren englische Zeitschriften mit dem Titel *The Theosophist*. Es musste sich wohl um das Organ der Theosophischen Gesellschaft handeln. Hiebler wusste nicht, dass die Gesellschaft international wirkte und sogar eine eigene Zeitschrift herausbrachte. Diese scheinbar weltweite Popularität der Theosophen überraschte ihn.

»Na, dann fangen wir mal an!«, murmelte er zu sich selbst, holte ein leeres Blatt Papier aus der Tischschublade und kramte den Füllfederhalter aus der Innentasche seines Jacketts.

Bereits das Lesen der ersten zehn Seiten von *Isis entschleiert* ermüdete Hiebler. Er hatte Schwierigkeiten, den Sinn der oft langen und komplexen Sätze zu verstehen. Jeder Gesetzestext, den er im Rahmen seines Studiums lesen musste, war verständlicher und weniger anspruchsvoll gewesen. In Blavatskys Texten traten häufig Gedankensprünge auf. Auch war Hiebler die komplexe Materie fremd und verwirrend.

Am Ende brauchte er, wie von dem Bibliothekar prognostiziert, zweieinhalb Tage, um sich mit Blavatskys Werk vertraut zu machen.

Die theoretische Grundlage von Blavatskys Lehre erschien Hiebler unterschiedlich zur gelebten Praxis. Er notierte sich, dass die Theosophie so viel wie »göttliche Weisheit« bedeutete und als Synthese von Religion, Philosophie und Wissenschaft zu verstehen war. Man strebte eine universale geistige und intellektuelle Bewegung an, welche auf einer Art Ur-Religion basierte und die Gegensätze zwischen den Religionen und der Wissenschaft zu überwinden helfen sollte. Praktiziert wurde der Glaube an das Überirdische – das, was neben der Materie zu existieren scheint – und an die Reinkarnation der Seelen.

Basierend auf diesem Wissen sollten die unsichtbaren Verknüpfungen zwischen Mensch, Natur und göttlichen Kräften gezeigt werden. Als Beweis für das Übernatürliche dienten die Visionen einzelner Erleuchteter. Vor allem Helena Blavatsky selbst war hierfür das wohl bedeutendste Medium. Sie war die Erleuchtete, die Ikone, der Magnet und die geistige Urheberin der Gesellschaft.

Die Geisterbeschwörungen und auch Geisterbilder, wie sie von dem Fotografen Knoll so verlässlich geliefert wurden, waren Bestandteil der gelebten Theosophie. Spiritistische Sitzungen wie Séancen wurden in

Analogie zu christlichen Gottesdiensten regelmäßig zelebriert.

Und das im katholischen Würzburg, staunte Hiebler, als er mit seinen Notizen und der Recherche fertig war. Ihm brummte der Kopf, und er hatte genug von Helena Blavatsky und der Theosophischen Gesellschaft. Nun galt es, den in Würzburg ansässigen Vertretern der Theosophen einen Besuch abzustatten.

Kapitel neun

Wie vereinbart, erschien Hiebler am späten Sonntagnachmittag im Fotoatelier Knoll. Der Fotograf schien ihn bereits erwartet zu haben. Als Hiebler Knoll wiedersah, war er sich sicher, dass dieser ihn niemals vor die Kutsche hätte stoßen können – zu klein und zu schwach. Er musste über sich selber schmunzeln, dass er überhaupt auf den Gedanken gekommen war, dass Knoll den Anschlag auf ihn verübt haben könnte. Auch passte es nicht zu Knolls Charakter: Er war ein Gauner, ein Trickser und Schlawiner, aber sicherlich nicht gewalttätig.

»Wissen Sie, wie ein Fotoapparat funktioniert?«, fragte Knoll als Erstes.

»Nein, leider nicht«, gab Hiebler zu.

»Kennen Sie Bildplatten?«

»Nur sehr vage.«

»Oje! Dann kommen Sie mal mit!«

Knoll winkte Hiebler zu sich und erklärte ihm kurz einige Details. Hiebler sollte auf keinen Fall selbst die Aufnahmen machen. Seine Aufgabe sollte es sein, belichtete Bildplatten in Empfang zu nehmen und unbelichtete Platten Knoll auf Kommando zu reichen.

»Die unbelichteten Platten sind – sagen wir es mal so – vorbelichtet. Warum das so ist, wissen Sie ja bereits«, meinte Knoll missmutig.

Hiebler nickte.

»Wichtig ist daher, dass Sie mir die Platten in genau der gleichen Reihenfolge geben, wie ich sie in der Kiste vorsortiert habe. Haben Sie das verstanden?«

Hiebler nickte erneut.

»Gut, dann machen wir uns auf den Weg!«, sagte Knoll. »Ach, eine Sache noch: Sie werden in dem Haus ein paar verwirrende Dinge sehen und hören. Auf keinen Fall dürfen Sie etwas sagen oder einen Kommentar abgeben. Sie sind nur Beobachter. So wie es vereinbart war. Sonst habe ich ein ernsthaftes Problem, Herr Hiebler. Also: einverstanden?«

»Einverstanden!«, erwiderte Hiebler, griff sich die Kiste mit den vorsortierten Bildplatten und marschierte los.

Knoll nahm sich die Kamera samt Stativ.

»Wie heißen Sie eigentlich mit Vornamen?«, fragte er beim Herausgehen.

»Georg, warum?«, erwiderte Hiebler.

»Na, meinen Assistenten werde ich ja wohl kaum mit ›Herr Hiebler‹ ansprechen«, antwortete Knoll.

Von der Handgasse zu dem Haus in der Ludwigstraße sechs waren es nur wenige Meter. Vier Minuten später standen sie vor der Eingangstür. Knoll betätigte die Glocke und wartete.

Kurz danach öffnete sich die Tür, und ein Mann in schwarzem Anzug stand vor ihnen. Der Mann war einen Kopf größer als Knoll und mindestens doppelt so breit wie Hiebler. Er hatte wulstige Lippen, ein vorstehendes Kinn, eine breite Nase und wenige hellblonde Haare auf dem Kopf. Beim Anblick der Person erinnerte sich Hiebler an den Besuch einer Wandermenagerie vor vielen Jahren. Es wurden dort neben Löwen, Tigern und wilden Bären auch Menschenaffen gezeigt. Darunter ein seltener Albinogorilla. Ähnlich sah der Mann aus, der ihnen die Tür öffnete, nur, dass er sprechen konnte und in einem schwarzen Anzug steckte.

»Sie sind etwas zu früh hier!«, sagte der Mann zu Knoll. »Außerdem sehe ich, dass Sie nicht alleine kommen?«

»Guten Abend, Herr Martin, das ist Georg, mein Gehilfe«, erwiderte Knoll. »Schauen Sie sich die Kiste an, die er schleppen muss, dann wissen Sie, warum wir heute zu zweit sind. Die vielen Bildplatten, die Kamera und das Stativ alleine hierherzutragen, geht beim besten Willen nicht.«

Martin, der Gorilla, musterte Hiebler prüfend, dann winkte er beide zur Tür herein.

»Kommen Sie ins Haus! Sie müssen aber noch warten, die Herrschaften erwarten Sie erst in einer halben Stunde.«

Hiebler und Knoll betraten ein schmuckes Treppenhaus mit hohen Wänden. Der Boden war verziert mit orientalischen Ornamenten aus winzigen Kacheln. Am Ende des Flurs stand ein kleiner Brunnen mit einem Becken aus Marmor. Das gesamte Treppenhaus war mit Gaslampen hell beleuchtet.

Rechts ging es durch eine offene Tür vom Flur in einen Salon, dessen Boden mit einem Intarsienparkett ausgelegt war. Dunkle und helle Hölzer waren in einem Rautenmuster angeordnet. Die Hauseigentümerin, die Gräfin von Wachtmeister, schien über Geschmack bei der Einrichtung des Hauses, aber auch über das hierfür notwendige Kleingeld zu verfügen.

Zu Hieblers Überraschung führte Martin sie nicht in den Salon. Er geleitete sie durch eine Türe am linken hinteren Ende des Flurs in die Küche. Für den Gorilla sind wir Bedienstete, nicht Gäste. Das ist der Grund, dachte er sich.

In der Küche richteten die Köchin und ein Dienstmädchen Kanapees auf silbernen Platten an. Die Köchin war mollig und hatte graue Haare. Das Mädchen hatte etwa Hieblers Alter. Sie war schlank, hatte ein hübsches Gesicht mit grünen großen Augen und dunkelblonde, zu einem Dutt hochgesteckte Haare, die mit einem kleinen weißen Häubchen teilweise bedeckt waren. Die Köchin begrüßte Hiebler und Knoll schweigend mit einem mürrischen Blick. Das Dienstmädchen wandte sich um.

»Guten Abend«, sagte sie mit einem reizenden Lächeln.

»Guten Abend, Rosa«, erwiderte Knoll.

»Sie haben heute Verstärkung mitgebracht, Herr Knoll?«, fragte Rosa mit Blick auf Hiebler.

»Hiebler, Georg Hiebler. Ich bin der neue Assistent des Herrn Knoll«, sagte dieser freundlich lächelnd.

Rosa machte einen kleinen Knicks.

Hiebler deutete eine Verbeugung an.

Rosas Wangen röteten sich, als sie verschämt sein Lächeln erwiderte. Dann wandte sie sich wieder dem Anrichten der Häppchen zu.

Hiebler und Knoll nahmen an einem großen Küchentisch Platz, schauten den beiden Frauen – vor allem Rosa – bei der Arbeit zu und warteten auf ihren Einsatz.

20 Minuten später wurden sie beide vom Diener Martin geholt.

Martin führte sie die Treppe hoch. Im ersten Stock vor einer großen Flügeltür blieben sie stehen. Mit dem Zeigefinger vor den Lippen signalisierte Martin, ruhig zu sein.

»Nicht reden, keine Kommentare, still sein – wie besprochen!«, flüsterte Knoll Hiebler zu. »Wenn ich meine rechte Hand hebe, nehmen Sie die Bildplatte aus der Kamera und reichen mir die nächste. Haben Sie das verstanden?«

Hiebler nickte.

Der Diener öffnete die Tür.

Vorsichtig trugen sie Kamera, Stativ und die Kiste mit den Bildplatten in einen düsteren Vorraum, der nur mit wenigen Kerzen ausgeleuchtet war.

Von hier ging es in einen Salon.

In der Mitte des Zimmers stand ein großer runder Tisch, an dem acht Personen saßen. In den vier Ecken des Salons war jeweils ein fünfarmiger Kerzenleuchter positioniert. Die Wände waren mit dunklem Holz getäfelt. Davor waren Stühle aufgereiht, auf denen weitere zehn Personen saßen. Alle Anwesenden hatten, soweit erkennbar, die Augen geschlossen, das Kinn auf die Brust gesenkt und hielten sich wie Kinder an den Händen. Knoll platzierte vorsichtig und leise die Kamera etwa zwei Meter vor dem Tisch und verschwand mit dem Kopf hinter dem schwarzen Tuch des Fotoapparates.

Nachdem sich Hieblers Augen dem düsteren Licht angepasst hatten, sah er sich neugierig um. Die anwesenden Personen waren zu etwa gleichem Verhältnis Männer und Frauen. Alle trugen sie die Kleidung wohlhabender Bürger – die Männer Frack und weiße Krägen, die Frauen dunkle Kostüme mit enger Taille und weiten knöchellangen Röcke. An den Wänden sah Hiebler Bilder mit ihm unbekannten Symbolen – eine Mischung aus ineinander übergehender Sternen, Kreisen, Monden und Pyramiden. Schwere schwarze Samtvorhänge mit goldenen Stickereien verdeckten die Fenster.

Hiebler holte leise eine Bildplatte aus der Kiste, als plötzlich eine schlanke Frau mit schwarzem Hut an dem Tisch laut zu keuchen begann. Die Frau hatte blonde Haare und ein glattes Gesicht. Soweit sie Hiebler im düsteren Licht sehen konnte, schätzte er sie auf etwa 50 Jahre. Die Frau hob den Kopf und seufzte mit fest geschlossenen Augen. Dann kreischte sie kurz auf, bevor sie wieder das Kinn auf die Brust senkte.

Die anderen Personen verblieben regungslos. Einige erhöhten ihre Atemfrequenz und bliesen hörbar Luft durch die Backen.

Jetzt gab Knoll das Zeichen, ihm die nächste Bildplatte zu reichen. Hiebler erledigte dies, während er weiter auf die Frau starrte.

Nach einem kurzen Moment der Ruhe fing plötzlich der runde Tisch in der Mitte des Raumes zu wackeln an.

»Spiritus ubi es?«, rief jetzt die blonde Frau mit dem schwarzen Hut und schlug die Augen auf.

Sie verdrehte die Augäpfel nach oben, sodass man nur noch das Weiße in ihren Augen sah, und erstarrte schlagartig auf ihrem Stuhl, als ob sie vom Blitz getroffen wäre. Der Tisch wackelte nun stärker. Die Tischbeine klopften auf den Parkettboden: klack-klack-klack-klack.

Plötzlich zog ein kalter Luftstrom durch den Raum, die schweren Vorhänge begannen, im Wind zu flattern, und die Kerzen auf einem der vier Kerzenständer erloschen schlagartig.

Zwei Damen, welche auf den Stühlen an der Wand des Raumes gesessen waren, schreckten hoch. Beide konnten einen Schreckensschrei nicht unterdrücken.

Auf das »iiehh« der Damen folgte ein strenges »scht« und »psst« einiger Herren.

Knoll winkte Hiebler, ihm rasch die nächste Platte zu reichen.

»Quis es tu spiritus?«, sprach plötzlich im Befehlston ein Mann am runden Tisch.

Die blonde Dame neben ihm entspannte sich nun und fing mit tiefer Stimme zu sprechen an: »Vem vågar ringa mig?«

Hiebler starrte mit offenem Mund auf das Geschehen.

»Who are you? Tum kaun ho? Wer bist du? Quién eres tú«, fragte jetzt der Mann fordernd.

»Ich bin eure Vergangenheit und eure Zukunft!«, erwiderte die Frau mit tiefer Stimme und seltsamem Akzent.

»Woher kommst du?«, fragte der Mann erneut.

»Jag kommer från platsen …«, sprach die Dame weiter.

Was ist das für eine Sprache?, fragte sich Hiebler. Ist das Dänisch?

»… för fred och upplysning! And I will come back, so wie wir alle wiedergeboren werden!«

Die blonde Dame sprach jetzt wieder Deutsch mit Akzent. Ihre Stimme war weiter tief, viel zu tief, als man es von einer Frau erwartet hätte.

»Wir sind alle eins: Materie und Geist, Gegenwart und Zukunft. Und das Wissen darüber eint uns, das Wissen der Geister der Vergangenheit. Alle Lebewesen sind als eine unauflösbare universale Bruderschaft miteinander verbunden.«

Hiebler konnte nicht glauben, was er da sah und hörte. Wie gefesselt beobachtete er das bizarre Treiben. Aus dem Augenwinkel sah er Knoll heftig mit der

Hand eine neue Bildplatte fordern. Endlich reagierte Hiebler. Er eilte zur Kiste, holte eine neue Platte heraus, ging rasch zu Knoll und legte ihm die Platte in die Hand.

Die Dame mit der tiefen Stimme setzte erneut an zu sprechen: »I am here to protect you …«

In diesem Moment drehte sich Hiebler zu ihr. Gefesselt von dem Geschehen blieb er mit seinem rechten Fuß an einem der Kamerastativbeine hängen. Die Kamera fiel krachend zu Boden!

Auf das Krachen folgten laute Schreckensschreie fast aller Anwesenden.

»Himmelherrgottsakrament!«, fluchte Knoll.

Viele Teilnehmer standen nun verängstigt auf und suchten den Ausgang. »Ein mächtiger Geist!«, sagte einer der Anwesenden. »Nehmt euch in Acht!«

Es folgte aufgeregtes Gezische und Gebrummel.

»Ruhe!«, schrie schließlich der Mann, welcher zuvor das Medium befragt hatte. »Ruhe!«, wiederholte er etwas leiser, nachdem das Stimmengewirr abgeklungen war.

Er wartete einen Moment und betätigte schließlich eine Tischglocke.

Nur wenige Sekunden nach dem Läuten öffnete sich die große Flügeltür zum Treppenhaus. Helles Licht drang in den Raum. Der Diener, die Köchin und Rosa, das Dienstmädchen, brachten freundlich lächelnd zwei silberne Tabletts mit Kanapees, auf einem dritten Tablet standen Gläser und Kristallkaraffen mit unterschiedlichen Getränken.

»Wo dürfen wir anrichten, Frau Gräfin?«, fragte Martin, der Diener.

Die blonde Dame mit der tiefen Geisterstimme erhob sich von ihrem Stuhl, rieb sich etwas schlaftrunken die Augen und antwortete schließlich wieder mit normaler Frauenstimme: »Na dort drüben auf dem Sideboard! Wo denn sonst?«

Hiebler half Knoll, der ihn wutentbrannt ansah, beim Aufrichten der Kamera.

»Das ist also die Gräfin Constance von Wachtmeister«, murmelte er vor sich hin.

Mit dem Moment des Anrichtens der Speisen und Getränke änderte sich schlagartig die Atmosphäre in dem Salon. Der Diener zündete wieder alle Kerzen und noch zusätzlich die Gaslampen an. Im Zimmer war es nahezu taghell. Es bildeten sich Grüppchen von drei bis vier Personen. Man prostete sich mit Getränken in der Hand zu, kaute an den servierten Häppchen und führte amüsiert und angeregt Gespräche. Im Zentrum des Raums stand die Gräfin, welche sich mit einem fremdländisch aussehenden Mann mit dunkelblauer seidener Stehkragenjacke unterhielt. Sie stießen gegenseitig mit einem Likörglas in der Hand an. An ihrer Seite stand der Mann, der sie zuvor als Medium befragt hatte. Er trug, wie die meisten der anwesenden Männer, einen schwarzen Frack. Der Mann blickte sich zwischenzeitlich missmutig im Raum um, als ob er etwas kontrollieren wollte. Er hatte einen dünnen Schnurrbart und wenige schwarze Haare, die mit viel Haarwichse so arrangiert waren, dass sie die kahlen Stellen auf dem Kopf möglichst überdeckten.

Hiebler blickte interessiert auf die Gräfin und ihre beiden Gesprächspartner.

»Jetzt kommen Sie, Hiebler!«, zischte plötzlich Knoll. »Wir müssen gehen. Der Ärger, den Sie hier verursacht haben, reicht mir.«

Hiebler schien Knoll nicht zu hören.

»Kommen Sie!«, rief Knoll etwas lauter und zog an seinem Ärmel.

»Einen Moment«, erwiderte Hiebler, »ich bin gleich wieder da.« Er schüttelte Knoll ab und ging schnurstracks auf die Gräfin zu.

»Pardon«, begann Hiebler und verbeugte sich tief vor der Gräfin. »Entschuldigen Sie bitte meine Direktheit, aber sind Sie tatsächlich die Comtesse Constance von Wachtmeister?«

Die Gräfin antwortete mit einem schmallippigen Lächeln.

»Die Besitzerin dieses Hauses? Die Freundin und enge Vertraute der Großmeisterin und Vorsitzenden der Theosophischen Gesellschaft, Frau Helena Blavatsky?«

Die Gräfin nickte etwas verschämt. Trotz ihres nicht mehr ganz so jugendlichen Alters wirkte sie fast mädchenhaft auf Hiebler.

»Ja, das ist richtig, junger Mann«, bestätigte der Mann mit dem Schnurrbart. Sein missmutiger Blick änderte sich zu einem aufgesetzten Lächeln.

»Stimmt es eigentlich, dass Frau Blavatsky einen Großteil ihres Meisterwerks über die Geheimlehre hier in Würzburg, in diesem Haus verfasst hat?«, fragte Hiebler weiter.

»Ja, Helena hat in der Tat hier gewohnt und gearbeitet«, antwortete die Gräfin mit Stolz in der Stimme. Der fremdländische Gast fing nun auch breit zu lächeln an.

»Und Sie sind tatsächlich Schwedin?«

»Na ja, wie man es so sieht. Geboren bin ich in Italien, aufgewachsen in England, verheiratet war ich mit einem Schweden, daher spreche ich Schwedisch und habe auch die schwedische Staatsangehörigkeit. Aber eigentlich bin ich Weltbürgerin.«

»Dann haben Sie vorhin also Schwedisch und nicht Dänisch gesprochen?«, fragte Hiebler weiter. »Ich habe mich schon die ganze Zeit gefragt, was das für eine seltsame Sprache war. Und dass Ihre Stimme plötzlich so tief war, hat mich auch sehr gewundert.«

Die Gräfin blickte verwirrt auf ihren Begleiter. »Was meint er, Friedrich?«, fragte sie ihn. »Was meinen Sie damit?«, fragte sie an Hiebler gewandt.

Das Lächeln der Anwesenden, einschließlich des fremdländischen Gasts mit der blauen Seidenjacke, verschwand.

»Na, Sie haben doch vorhin über die Geister aus der Vergangenheit und der Zukunft gesprochen. Und da sprachen Sie zum Teil in einer anderen Sprache, also Schwedisch, oder?«

»Junger Mann, Sie verstehen nicht, um was es sich vorhin handelte«, ging der Mann mit Namen Friedrich dazwischen. »Die Comtesse ist ein Medium. Sie weiß nicht, wovon sie spricht. Sie redet nicht selbst, sondern *durch sie* sprechen andere.« Er betonte das »durch« und schüttelte etwas genervt den Kopf, als ob er ein kleines Kind belehren müsste. »Geister sprechen oft andere Sprachen, manchmal auch mehrere Sprachen gleichzeitig!«

Hiebler zog die Augenbrauen hoch.

»Ach, dann war das ein schwedischer Geist?«

»Er versteht es nicht, Friedrich!«, seufzte die Gräfin und wandte sich mit den beiden Männern an ihrer Seite genervt von Hiebler ab.

»War es vielleicht der Geist des verstorbenen Jöns Persson Lindahl, des früheren Schatzmeisters Ihrer Gesellschaft?«, fragte Hiebler weiter. »Der war doch Schwede, oder?«

Als die Gräfin Lindahls Name hörte, fiel ihr vor Schreck das Glas aus der Hand. Alle Anwesenden blickten nun auf sie.

»Lindahl! Oh my god!«, schluchzte sie und hielt sich bei Friedrich, ihrem Begleiter, fest. Sie schien kurz davor zu sein, in Ohnmacht zu fallen.

»Na ja, es wäre doch durchaus zu erwarten, dass der Geist Lindahls wieder an seine alte Wirkungsstätte zurückkehrt, oder? Sozusagen der Besuch eines guten alten Bekannten«, hakte Hiebler nach.

»Hören Sie auf, diesen Namen hier auszusprechen!«,

sagte ein weiterer Mann, der zwischenzeitlich hinzugeeilt war. »Dieser Name und diese Person sind hier tabu!«

»Ich glaube, dass Sie jetzt besser gehen«, forderte der Begleiter der Gräfin Hiebler auf.

»Lindahl war ein Schwein!«, schimpfte der hinzugekommene Mann weiter. »Wer nicht hilft oder andere ausnutzt, ist kein Theosoph! So steht es in unserer Satzung. Lindahl hat andere nur ausgenutzt. Dieser Mensch hat hier, in diesem Hause, Schamlosigkeit und sogar Unzucht ausgeübt. Ich bin froh, dass er nicht mehr Mitglied bei uns war! Hier trauert niemand Lindahl hinterher!«

Die Gräfin fing zu weinen an. »Friedrich, das wird mir nun zu viel«, schluchzte sie und blickte auf ihren Begleiter.

»Sie haben die Gräfin gehört, junger Mann«, sagte Friedrich streng zu Hiebler. »Sie verlassen das Haus. Und zwar sofort! Was bilden Sie sich eigentlich ein? Keiner hat Sie um Ihre Meinung gefragt, geschweige denn eingeladen.«

Er zeigte mit dem Finger zum Ausgang.

Hiebler blieb stehen und blickte weiter auf die Gräfin.

»Wenn Ihnen Lindahl also unbequem war und Sie ihn loswerden wollten – war das dann ein Grund, ihm eine Kugel in den Kopf zu jagen? Entspricht das Ihrer theosophischen Ethik?«

»Raus!«, schrie Friedrich. »Raus! Sofort! Verschwinden Sie!«

Hiebler blieb stehen und wartete auf eine Antwort.

Plötzlich wurde er am Kragen gepackt. Martin, der Diener, schubste ihn vor sich her und bugsierte ihn aus dem Raum durch das Treppenhaus. Er öffnete die Eingangstür und wies ihn an, das Haus zu verlassen.

Als Hiebler schon fast auf der Straße war, drehte er sich nochmal um. Er schlängelte sich an Martin vorbei und lief zurück in das Haus.

»Sie sind Lindahls Mörder!«, schrie er, so laut er konnte, das Treppenhaus hoch. »Mörder!«

Erneut spürte er Martins Griff im Nacken, dann flog er durch die Tür auf die Straße. Er spürte noch die Wucht des Aufpralls auf dem harten Pflaster, bevor ihm schwarz vor Augen wurde. Hiebler verlor das Bewusstsein – wieder einmal!

Kapitel zehn

Als Hiebler wach wurde, hörte er dieses Mal nicht jemanden seinen Namen rufen. Er spürte einen nassen Lappen auf der Stirn und fühlte ein helles Licht. Jemand schien ihm seine Augenlider hochzuziehen und mit einer Petroleumlampe bewusst zu blenden. Die Person hinter der Lampe erkannte Hiebler nicht. Nur schemenhaft nahm er ein Gesicht wahr. Er spürte einen starken Kopfschmerz, ansonsten lag er bequem und verspürte weder Kälte noch Wärme. Ich muss in einem Bett liegen, dachte er sich. Aber wo?

Schließlich hörte er eine fremde männliche Stimme aus etwa zwei Metern Abstand. »Überprüfen Sie alle zwei Stunden die Reaktion der Pupillen auf Licht, Schwester«, hörte er eine Stimme sprechen. »Sollte sich etwas am Pupillenreflex ändern, der Patient sich übergeben oder nicht mehr weckbar sein, dann geben Sie mir Bescheid. In diesem Fall müssen wir noch heute Nacht eine Kraniotomie durchführen. Er hat wohl ein mehrfaches Schädelhirntrauma erlitten. Wenn er Glück hat, bildet sich das Hämatom zurück, und wir können darauf verzichten, ihm den Schädel aufzusägen. Ansonsten gönnen Sie ihm Ruhe und schirmen ihn soweit wie möglich von jeglichem Lärm und hellem Licht ab. Die Schürfwunden am Rücken und im Gesicht sind harmlos. Etwas Arnikasalbe reicht. Wenn er über starke Schmerzen klagt, geben Sie ihm etwas Opium – aber nur wenig, ja?«

»Ich habe verstanden, Herr Doktor«, hörte Hiebler eine weibliche Stimme sprechen. Dann fiel er wieder in einem tiefen Schlaf.

Hiebler gewöhnte sich an die nächtlichen Blendeaktionen in zweistündigem Abstand. Er wurde kurz wach, schlief aber sofort wieder ein. Irgendwann wachte er spontan am nächsten Tag auf. Als Erstes nahm er einen ungewöhnlichen Geruch war. Eine Geruchsmischung aus Karbol, Alkohol, Schweiß, Exkrementen und Fäulnis wehte ihm direkt in die Nase. Der beißende Karbolgeruch kam am ehesten von rechts. Hiebler rümpfte die Nase und drehte sich zur Seite. Er sah eine Krankenschwester mit weißer Schürze und Haube, die gerade mit einer Flüssigkeit getränkte Verbände auf eine großflächige eitrige Wunde am Unterschenkel eines Mannes auflegte. Hieblers Blick wanderte hoch bis zum Kopf des Mannes. Dieser schien nicht älter als Hiebler selbst zu sein. Auf der Stirn standen ihm Schweißperlen, die Gesichtsfarbe grau. Der Mann schien starkes Fieber zu haben und stöhnte leise.

Hiebler setzte sich auf und blickte sich weiter um. Er lag in einem Bett mit weißem Laken am Rande eines Krankensaals, den er sich mit etwa zwölf bis 15 weiteren Patienten teilte.

Zwischen den Betten eilten mehrere Krankenschwestern mit weißer Schürze und Haube von Bett zu Bett. Die Schwester erledigten Verbandswechsel, gaben Medikamente und leerten Bettschüsseln aus. Der Raum hatte hohe Wände, welche durchgehend weiß lackiert waren. Die Geräuschkulisse war eine Mischung aus Stöhnen, Klappern von Schüsseln und Gesprächen der Schwestern untereinander.

Hiebler spürte jetzt einen starken Harndrang. Er drehte sich zur Seite, um aufzustehen. Als er sich weiter im Bett aufrichtete, spürte er das ihm inzwischen bestens bekannte Pochen in seinem Schädel. Zudem schmerzten ihn jetzt auch noch die Schulter und der Rücken. Er musste laut stöhnen.

»Legen Sie sich sofort wieder hin!«, hörte er plötzlich die Schwester sagen, die mit dem Verbandswechsel am Nachbarbett beschäftigt war.

»Sie brauchen Ruhe und sollen sich nicht bewegen, hat der Doktor angeordnet. Sonst müssen wir operieren. Wir müssten Ihnen die Schädeldecke aufsägen und ohne Narkose das Blutgerinnsel ausräumen«, sagte sie mit einem zynischen Lächeln.

»Aber ich muss Wasser lassen. Außerdem habe ich Hunger und Durst«, quengelte er.

»Rechtfertigt das eine Kraniotomie?«, fragte sie schnippisch.

Hiebler legte sich mit einem tiefen Seufzer wieder hin.

»An Ihrer linken Seite hängt am Bett eine Urinflasche. Die können Sie benutzen. Wenn Sie Hunger und

Durst haben, müssen Sie aber noch etwas warten. Das Frühstück haben Sie verschlafen. Bis es Mittagessen gibt, dauert es noch eine Weile«, erklärte die Krankenschwester weiter.

Hiebler stöhnte erneut. »Wo bin ich denn eigentlich, und was ist passiert?«, fragte er.

»Sie sind im Juliusspital! Was passiert ist, wird Ihnen später der Doktor bei der Visite mitteilen«, fertigte die Schwester ihn ab.

Frustriert griff sich Hiebler die Urinflasche. Erst jetzt bemerkte er, dass er außer einem Flügelhemd keine Kleidung trug. Auch die Unterwäsche schien man ihm ausgezogen zu haben. Er urinierte in die Flasche und stellte diese wieder in die hierfür vorgesehene Halterung am Bettgestell. Mit trockener Kehle, Loch im Bauch und Schmerzen im Kopf legte er sich anschließend wieder zurück und starrte an die Decke. Seine Gedanken kamen nicht zur Ruhe.

Irgendwie macht mir diese Dienstreise nach Würzburg zu schaffen. Bisher war ich in meiner heilen Münchner Welt zu Hause. Ich habe schnurstracks die Beamtenlaufbahn begonnen und vom Leben nur die Dinge erwartet und bekommen, die es behaglich machen: ein geregeltes Einkommen, eine freundliche Familie, Anerkennung, eine meinem Stand entsprechende Stellung in der Gesellschaft und vor allem eines: Ordnung! Ordnung im Inneren und Äußeren, im privaten wie auch im beruflichen Bereich. Und nun? Chaos! Nichts als Chaos! Ich liege in einer fremden Stadt in einem Krankenhaus und weiß nicht mal mehr, warum. Das dritte Mal innerhalb von nur wenigen Tagen war ich orientierungslos! Einmal war es der Silvaner, einmal der Tritt eines Pferdehufs – und gestern? Was war eigentlich gestern? Diese Geisterbeschwörung, der Fotograf, das lächerliche Auftreten der Gräfin und ihr versnobter Begleiter, dann dieser Gorilla – ja, der Gorilla mit dem Namen Martin. Dem habe ich wohl den Aufenthalt hier zu verdanken. Wahrscheinlich hat er mich davor auch schon vor die Droschke gestoßen. Und trotzdem: Was ist nur los mit mir? Warum passieren diese Dinge? Warum recherchiere ich in spiritistischen Kreisen und beschuldige mir wildfremde Personen des Mordes? Ich hätte es so machen sollen, wie es der Freiherr von Feilitzsch wohl von mir erwartet hat: der Karriere willen ein paar Tage Würzburg genießen, viel Wein trinken, gut essen, viel schlafen und nach einer Woche wieder zurückkehren mit den Worten: »Alles in Ordnung, Herr Minister, kein Grund zur Sorge!« … Und jetzt? Jetzt brummt mir der Schädel. Keinen Schritt bin ich weitergekommen. Im Gegenteil, nette Menschen wie Deschel, Knoll und auch die gestrige Gesellschaft überschütte ich mit haltlosen Verdächtigungen, die zu nichts führen. Ich habe nichts erreicht, außer, dass ich mit Schmerzen im Krankenhaus liege! Ich könnte schreien vor Ärger und Zorn.

Hiebler schlug sich mit der Faust an die Stirn und schüttelte den Kopf, was erneut eine heftige Schmerzattacke im Inneren seines Schädels auslöste.

Was bin ich für ein Idiot?

Er atmete einige Male tief ein und aus, um sich zu beruhigen.

Und dennoch: Kein Mensch erschießt sich mit offenem Hosenlatz mit einer fremden Pistole in einer Toilettenanlage! Es muss einen Mörder geben. Das lässt sich doch nicht einfach so ignorieren. Ich brauche wieder Ordnung in meinem Kopf, dann werde ich den Täter auch überführen, und die Dinge sind wieder geregelt. So, wie es sein soll!

Hiebler versuchte, den Gestank und den Lärm im Raum auszublenden, und döste vor sich hin. Nach einiger Zeit gab es endlich etwas zu essen: eine dünne Brühe und ein Stück Brot. Zum Trinken wurde ihm ein Emaille-Becher mit einem ungesüßten Kräutertee hingestellt. Hiebler setzte sich an den Bettrand, und verschlang gierig sein Mittagessen, bevor er sich wieder hinlegte.

Nachdem eine junge Hilfsschwester Teller, Löffel und Becher von seinem Nachtkästchen abgeräumt hatte, kam wenig später die Visite. Hiebler war der erste Patient im Raum, zu dem sich ein Tross von drei Ärzten in weißen Kitteln, gefolgt von einer Schwester, bewegte.

Einer der Ärzte untersuchte Hieblers Schulter und Kopf und testete mit einem stählern glänzenden Hammer die Reflexe. Dann fragte er banale Dinge: »Wo sind Sie?«

»Im Krankenhaus!«

»Welches Datum haben wir heute?«

»Heute müsste Montag, der 6. Februar 1888 sein.«

»Wie heißen Sie und woher kommen Sie?«

»Georg Hiebler aus München! Ich bin Assessor im Innenministerium seiner Majestät in München.«

Anschließend nickte der Arzt zufrieden.

»Sie sind Beamter?«, fragte er.

Hiebler nickte.

»Dann steht Ihnen ein anderes Zimmer und Erste-Klasse-Behandlung zu«, sagte der Arzt. »Schwester, wenn Sie bitte alles organisieren würden?«, sprach er weiter, an die Krankenschwester gewandt.

Diese nickte und machte sich eine Notiz.

»Können Sie mir jetzt sagen, was eigentlich passiert ist?«, fragte schließlich Hiebler.

»Sie hatten einen Unfall«, antwortete der Arzt. »Es gibt Zeichen einer schweren Gehirnerschütterung. Wahrscheinlich sind Sie in letzter Zeit öfters auf den Kopf gefallen, da wir auch nicht mehr ganz so frische Hämatome entdeckt haben. Auf jeden Fall scheinen Sie noch Glück gehabt zu haben, und die Schwellung des Gehirns ist nur marginal. Eine Operation ist auf jeden Fall aktuell nicht notwendig, es wäre jedoch sinnvoll, Sie die nächsten Tage noch im Krankenhaus zu überwachen.«

Hiebler nickte stumm. Sein Kopf brummte, und er war sich sicher, dass ihm die Ruhe guttun würde. Er musste sich sammeln, das Chaos in seinem Kopf beseitigen.

Anschließend verabschiedete sich die Visite.

Eine Stunde später kam die Hilfsschwester mit einem Rollstuhl an sein Bett. Hiebler wurde von dem riesigen Krankenraum mit 16 Betten in ein Einzelzimmer mit Blick auf den Park des Spitals verlegt.

Jetzt hatte er die Ruhe, die er suchte. Bis auf wenige Visiten und Kontrollgänge der Schwestern wurde er nicht gestört. Er durfte aufstehen und das Zimmer für kurze Spaziergänge im Park des Juliusspitals verlassen. Die klare, kalte Winterluft tat ihm gut. Hiebler war überrascht von der Schönheit des Parks und dem imposanten Brunnen im Innenhof des weitläufigen Gebäudes. Er nahm sich vor, die prächtigen Gärten Würzburgs mit den die Stadt umgebenden Weinbergen irgendwann auch mal im Sommer zu besuchen. Hiebler versuchte, sich vorzustellen, wie der Garten mit grünen Hecken und blühenden Rosen oder Tulpen wohl aussehen würde.

Es ging ihm nun mit jedem Tag besser. Und parallel mit dem Nachlassen der körperlichen Beschwerden wandelte sich auch seine Einstellung zu Würzburg ins Positive. Ihm war jetzt klar, dass er seinen Auftrag von Anfang an falsch angegangen war: zu ungestüm, zu versessen und zu unerfahren. Außerdem hatte er ein schlechtes Gewissen gegenüber Deschel, Knoll und in gewisser Weise auch gegenüber der Gräfin von Wachtmeister.

Am 10. Februar 1888, vier Tage nach seiner Einlieferung in das Krankenhaus, bekam er eine Tasche und zwei Briefe von einer Krankenschwester ausgehändigt.

Die Tasche war seine eigene Reisetasche. Als Absender der Briefe war einmal die *Pension Altbayern* und einmal eine gewisse Rosa Gesell vermerkt.

Als Erstes öffnete Hiebler seine Reisetasche. Der Inhalt schien komplett zu sein, wenngleich die Kleidungsstücke nur schlampig zusammengelegt waren.

Dann las er das begleitende Schreiben:

Herr Hiebler!
Beiliegend finden Sie Ihre Kleidung und Utensilien. Die Zahlung für das Zimmer ist bereits letzten Montag abgelaufen. Eine Verlängerung der Miete ist nicht möglich und auch nicht erwünscht!
Hochachtungsvoll
Reckziegel
PS: Hätte ich gewusst, welch schrecklicher Querulant und Intrigant Sie sind, hätten Sie nie ein Zimmer in meinem Hause bekommen. So mit der allseits geschätzten Gräfin von Wachtmeister umzugehen, ist ein Verbrechen. Ich hoffe, dass Sie Ihr restliches Leben im Krankenhaus mit Schmerzen verbringen werden.

Hiebler zerriss das Schreiben und schmiss die Papierreste in den Mülleimer. »Mein Auftreten neulich scheint sich also bereits herumgesprochen zu haben«, sprach er mit sich selbst.

Dann öffnete er den zweiten Briefumschlag. Der

Umschlag war aus dickem Büttenpapier. Der Brief selbst war nur ein kleines Kärtchen. Die Schrift war krakelig wie die eines Kindes und nur schwer lesbar.

Ich habe Informationen für Sie. Wenn es Ihnen wieder besser geht, können Sie mich nach Dienstschluss um 18 Uhr abholen (täglich außer am Sonntag). Warten Sie in der Ludwigstraße am Hintereingang auf mich.
gez. Rosa Gesell (Dienstmagd der Gräfin)

Hiebler las die Nachricht ein weiteres Mal.

»Das Dienstmädchen der Gräfin hat Informationen? Also haben die Theosophen doch etwas zu verbergen?«, fragte er sich. »Aber dieses Mal werde ich anders vorgehen und nicht mehr mit der Tür ins Haus fallen: Daten sammeln, nach Fakten suchen, dann diese auswerten und letztendlich darauf basierende Entscheidungen treffen. So wird es sein!«

Nach dem Mittagessen bat Hiebler um die Entlassung aus dem Krankenhaus. Er fühlte sich wieder vollständig gesund und hatte das Gefühl, nun wieder seiner Beamtenpflicht nachkommen zu können. Er bedankte sich bei den Ärzten und Schwestern und machte sich am späten Nachmittag auf den Weg. Zunächst wollte er nach einer neuen Bleibe suchen, anschließend galt es, das Fräulein Rosa abzuholen.

Sein Weg vom Juliusspital führte ihn zunächst in die Kaiserstraße. Wie an seinem ersten Tag in Würzburg vor zehn Tagen kam er an den gleichen Hotels und Pensionen vorbei. Vor gut einer Woche gefiel ihm dort nichts. Die Unterkünfte erschienen ihm zu luxuriös oder aufgrund der direkten Lage an der Einkaufsstraße zu laut. Jetzt war er weniger wählerisch. Nur war dieses Mal kein Zimmer mehr verfügbar. Er durchquerte die gesamte Innenstadt auf der Suche nach einer Bleibe. Sowohl in den billigsten Pensionen als auch in den teuersten Hotels – überall bekam er die gleiche Antwort: »Wir sind leider ausgebucht!«

»Haben Sie überhaupt eine Ahnung, was dieses Wochenende los ist, junger Mann?«, ließ ihn der Portier eines Hotels am Sanderring wissen. »Es ist Fasching! Fasching, und ein Kongress mit mehr als 300 auswärtigen Gästen beginnt morgen. Die ganze Stadt ist voll. Da geht gar nichts mehr, nicht mal mehr mit privaten Unterkünften. Wenn Sie Glück haben, großes Glück haben, bekommen Sie vielleicht was in Höchberg, in Randersacker oder noch weiter draußen!«

»Und wie komme ich da hin?«, fragte Hiebler.

»Zum Gehen ist es zu weit. Sie brauchen eine Droschke. Nur sind die Kutscher derzeit auch mehr als gut beschäftigt. Könnte schwierig werden«, antwortete der Portier.

Hiebler nickte und ging wieder auf die Straße. Müde und enttäuscht von der bisher ergebnislosen Suche sah er auf seine Uhr. Es war bereits 17.50 Uhr. Er beschloss, die Zimmersuche vorerst zu unterbrechen, und begab sich in die Ludwigstraße. Die von der Dienstmagd Rosa angekündigten Informationen interessierten ihn jetzt mehr.

Als er bei dem stattlichen Gebäude mit der Nummer sechs angekommen war, ging er direkt in den Hinterhof statt wie zuletzt zur Eingangstür. Etwas versteckt neben einer Mülltonne war der Eingang für Lieferanten und Bedienstete. Hier wartete Hiebler. Er stellte seine Tasche ab und strich sich die Barthaare glatt. Um 18.05 Uhr verließ Rosa das Gebäude.

Hiebler winkte ihr.

Sie erkannte ihn sofort und ging lächelnd auf ihn zu.

»Dass Sie schon heute hier erscheinen, hätte ich nicht gedacht«, sagte sie.

Sie blickte sich um und sah die Häuserfassade entlang den Fenstern hoch. Niemand schien sie zu beobachten.

»Kommen Sie mit!«, sagte sie, hakte sich bei Hiebler ein und führte ihn auf die Straße.

Kapitel elf

Rosa genoss die männliche Begleitung den Weg die Ludwigstraße hinab in Richtung Stadtmitte. Jedes Mal, wenn eine Straßenlaterne den Gehweg stärker beleuchtete, verlangsamte sie etwas das Tempo, damit möglichst viele Menschen sie am Arm von Hiebler sehen konnten. Sie war an diesem Abend nicht die Dienstmagd auf dem Weg nach Hause, sondern die weibliche Begleitung eines offensichtlich gut situierten Herrn.

Hiebler selbst war etwas verwirrt, ließ es jedoch geschehen. An seinem linken Arm hing Rosa, in der Rechten trug er die Reisetasche.

»Fräulein Rosa«, begann er, nachdem sie etwa 50 Meter gegangen waren, »wollten Sie mir nicht etwas mitteilen?«

»Noch einen Moment, Herr Hiebler – oder soll ich Georg sagen? Schließlich sind Sie, bist du ja auch nur der Gehilfe des Fotografen, oder?«, sagte Rosa mit einem wissenden Lächeln.

»Das mit dem Georg ist schon in Ordnung, nur denke ich, dass Sie, Fräulein Rosa, zwischenzeitlich sicher wissen, dass ich nicht Knolls Assistent bin. Sonst hätten Sie mir ja auch nicht die Nachricht ins Juliusspital geschickt.«

Rosa lächelte Hiebler keck an. »Weiß schon, wer du bist, dass du ein Studierter bist. Ein Studierter aus München, gell? Aber darf ich dennoch du sagen?«

Hiebler nickte.

»Wir haben ein Dokument in deiner Jackentasche gefunden, als wir dich ohnmächtig ins Krankenhaus brachten«, fuhr Rosa fort.

»*Wir*?«, hakte Hiebler nach.

»Na ja, der Martin und ich.«

Hiebler blieb stehen. »Der Gorilla, dem ich den kaputten Schädel zu verdanken habe, hat mich ins Krankenhaus gebracht?«

»Er hat dich wie ein Kleinkind getragen«, antwortete Rosa und kicherte. »Es sah sehr nett aus. Aber der Martin ist ein Guter, glaub es mir. Du hast dich nur einfach komplett danebenbenommen und die Herrschaften angegriffen. Da musste der Martin was unternehmen. Das gehört zu seinen Aufgaben.«

Hiebler atmete tief ein und wieder aus. Dann gingen sie weiter.

»So, Georg«, sagte Rosa schließlich, »ich schlage vor, dass du mich jetzt zum Essen einlädst. Dann kann ich dir alles zu Lindahl und der Theosophischen Gesellschaft erzählen.«

Sie blieben vor der Tür einer fränkischen Weinstube stehen. »Hier sind wir«, sagte Rosa. »Ich mach mir zwar nichts aus Wein, aber das Essen soll gut sein. Also, wie sieht es aus?«

»Einverstanden«, antwortete Georg und öffnete die

Tür. Genau wie Rosa war er hungrig. Und neben dem Hunger trieb ihn die Neugierde zu erfahren, was seine Begleiterin ihm zu erzählen hatte.

Rosa ging mit breitem Lächeln voraus und setzte sich an einen Tisch. Hiebler legte Mantel und Hut ab und stellte seine Tasche ab. Er zog Jackett und Weste stramm und glättete mit den Fingern Bart und Kopfhaar. Dann setzte er sich zu Rosa an den Tisch.

»Ein Kavalier führt seine Angebetete zum Essen aus«, sagte Rosa und blickte stolz zuerst auf Hiebler und anschließend auf die Gäste an den anderen Tischen.

Hiebler sah sich ebenfalls verwirrt um.

»Fräulein Rosa, ich glaube, dass das nicht passend ist«, flüsterte er.

»Warum?«, fragte Rosa. »Gefalle ich dir etwa nicht?«

»Doch, äh … nein, Rosa, aber das tut doch jetzt nichts zur Sache«, stammelte er.

Rosa schob wie ein betrübtes Kind die Unterlippe vor.

»Rosa, Sie sind sehr hübsch, wirklich! Aber ich bitte Sie zu bedenken, dass wir aus ganz anderem Grund hier sind.«

Sie zog die Unterlippe wieder zurück und lächelte erneut. »Danke, Georg! Du bist ein echter Ehrenmann – gut situiert und auch gut aussehend!«

Hiebler lächelte verlegen, dann sah er sich nach dem Kellner um und winkte ihm. »Ich glaube, wir sollten jetzt bestellen«, schlug er vor.

»Eine gute Idee, wir essen, und ich erzähle dir, was dich interessiert.«

Nachdem das Essen gekommen war, war Hiebler überrascht, wie Rosa die Mahlzeit in sich hineinschaufelte. Sie aß, als ob sie seit zwei Tagen nichts zu sich genommen hätte oder die nächsten zwei Tage nichts bekommen würde. Als sie nach weniger als fünf Minuten ihren Teller geleert hatte, fragte sie schließlich: »Also, Georg, was willst du genau über Lindahl wissen?«

»Wer ihn ermordet hat«, antwortete er.

»In der ganzen Stadt heißt es, er habe sich selbst erschossen. Stand angeblich auch so in der Zeitung«, erwiderte Rosa grinsend.

»Natürlich! Er erschoss sich mit einer fremden Waffe mit offenem Hosenlatz im Pissoir«, sagte Hiebler mit sarkastischem Unterton in der Stimme. »Das glaubt ganz Würzburg. Lächerlich!«

»Er hatte den Hosenlatz offen? Das wusste ich nicht.«

»Ja!«, antwortete Hiebler. »Es gibt sogar eine Fotografie, die das belegt. Aber keiner stört sich daran! Auch nicht die Gendarmerie.«

Rosa begann zu kichern.

»Was gibt es denn da zu lachen?«, fragte Hiebler erzürnt.

»Na ja, weil Lindahl ziemlich oft seinen Hosenlatz offen hatte, vor allem, wenn er in weiblicher Begleitung war!«

Hiebler sah sie verwundert an. »Fräulein Rosa, was meinen …«

»Brauchst nur die Gräfin fragen. Die kann dir das bestätigen. Die kennt seinen Hosenlatz und das, was dahinter steckt, bestens«, fuhr ihm Rosa dazwischen. »Der Lindahl war ein Frauenheld! Vor dem war keine sicher. Und eine reiche Witwe wie die Gräfin am allerwenigsten – ich muss aber auch gestehen, dass er schon ein sehr adretter Mann war! Kein Schönling … anders halt.«

Hiebler fuhr sich unbewusst über den Scheitel und ordnete seine Haare.

»Lindahl und die Comtesse hatten eine Beziehung?«

»So kann man es nennen! Über Jahre hinweg. Sie mussten sich schon seit längerer Zeit gekannt haben, da die Gräfin ihm die Wohnung gleich nebenan in der Ludwigstraße besorgt hatte, als er in Würzburg ankam. Sie waren ja auch beide Schweden. Auf jeden Fall verbrachten sie fast jeden Abend gemeinsam. Lindahl war ihr Liebhaber, ihr Vertrauter und hat auch brav seine Aufgaben bei diesem ganzen Hokuspokus erledigt.«

»Hokuspokus?«

»Na, die Geisterbeschwörungen! Du weißt schon: die Stimmen aus dem Jenseits, der wackelnde Tisch, der kalte Atem der Geister und und und. Nur waren das keine Geister: Der Tisch wurde von Lindahl mit den Knien immer kurz hochgelupft, damit es schön klackert. Und der Luftstrom entsteht, wenn Martin und ich bei geöffnetem Fenster gleichzeitig eine Luke an den gegenüberliegenden Türen des Salons öffnen. Dann zieht es gewaltig im Zimmer. Oft gehen sogar die Kerzen aus. So machen wir das schon seit Jahren. Die Rolle von Lindahl hat übrigens mittlerweile der Merzig übernommen.«

»Merzig?«, fragte Hiebler.

»Friedrich von Merzig, der neue Mann an der Seite der Gräfin. Wenig Haare, dünnes Bärtchen?«

Hiebler nickte. Er erinnerte sich wieder an den Mann, der ihn des Hauses verwiesen hatte.

»Du meinst, dass …?«, fragte Hiebler.

»… dass die gesamte Beschwörung Betrug ist. Wie bereits erwähnt. Als ich neu eingestellt wurde, habe ich auch daran geglaubt. Ich habe mir vor Angst fast in die Hose gemacht. Jetzt weiß ich, dass alles gestellt ist«, erwiderte Rosa.

Hiebler schüttelte den Kopf.

»Kann es denn dann sein, dass Lindahl – sagen wir mal – beseitigt wurde, weil er diese Geheimnisse kannte?«, fragte er.

»I wo!«, antworte Rosa und winkte ab. »Der hat sich das ja mit der Gräfin ausgedacht. Jeder vom Vorstand der Gesellschaft bis zur dicken Blavatsky wusste davon.«

»Und dass Martin doch angewiesen wurde, Lindahl zu töten?«

»Niemals!«, antwortete Rosa. »Martin würde so was nie machen.«

»So wie er mich auf die Straße geworfen hat, wäre ich mir da nicht so sicher.«

»Georg, zwischen jemanden erschießen und jemanden rauszuschmeißen ist ein riesiger Unterschied. Glaub mir, Martin war das nicht.«

»Und dieser Merzig? Vielleicht war der es – auch aus Eifersucht?«

»Merzig ist zu feige für so etwas. Kann ich mir nicht vorstellen.«

Hiebler kniff die Lippen zusammen und schüttelte den Kopf.

»Aber wenn das alles eine eingeschworene Gruppe war und Lindahl sogar eine Beziehung mit der Gräfin hatte, warum wurde er dann aus der Theosophischen Gesellschaft ausgeschlossen?«

Rosa blickte zur Seite und dachte nach.

»Na, wahrscheinlich, weil er zu charmant und attraktiv war«, sagte sie schließlich.

»Was soll denn das bedeuten?«, fragte Hiebler »Er musste die Gesellschaft verlassen, weil er zu adrett war?«

»Die Gräfin war eben nicht seine einzige Liebschaft«, murmelte Rosa.

»Und? Wer noch?«, hakte Hiebler nach.

»Lindahl hatte mehrere Beziehungen. Er war ein richtiger Casanova, solltest du wissen. Es gab mehrere Mädchen und auch reifere Damen, die sich in ihn verliebten und letztendlich ins Unglück gestürzt wurden. Im letzten Sommer ist angeblich sogar ein junges Mädchen vor lauter Kummer in den Main gesprungen.«

Rosa blickte nachdenklich in den Raum. »Irgendwie hatte der Mann etwas Besonderes. Es ist schwer zu beschreiben, aber seine Aura, die er versprühte, war anders. Leidenschaft? Wollust? Trieb? Jeder hat gewusst, was er für ein Ekel sein konnte, und dennoch war da was, was ihn irgendwie unwiderstehlich machte.«

Sie sah jetzt Hiebler in die Augen und fuhr fort. »Weißt du, Georg, mir hat er ja auch Avancen gemacht – mehrmals! Na ja, und dann ist es halt passiert. Wir wurden intim, öfters, immer wieder, auch in der Ludwigstraße, im Haus der Gräfin. Bis … bis … bis …«, stammelte Rosa.

Hiebler neigte den Kopf etwas, hob die Augenbrauen und schaute Rosa fragend an.

»Bis uns die Gräfin erwischt hat. Und dann bin ich auch noch schwanger geworden.«

Rosa blickte nervös auf ihre Hände. Hiebler sah, wie sich ihre Augen mit Tränen füllten.

»Schwanger von Lindahl, oder?«, fragte er sie leise.

Rosa nickte.

»Und dann?«

»Lindahl wurde rausgeschmissen! Er bekam von Merzig mit Duldung der Gräfin Hausverbot. Mir hat man, Gott sei Dank, erlaubt, während und auch nach der Schwangerschaft weiter für die Gräfin zu arbeiten«, antwortete Rosa. »Wofür ich ihr mein Lebtag dankbar sein werde. Wer weiß, was sonst aus mir und dem Kind geworden wäre.«

Hiebler knetete seine Unterlippe und dachte nach.

»Das ist zwar interessant«, sagte er schließlich. »Aber bei der Suche nach Lindahls Mörder hilft mir das nicht!«

»Mag ja sein, aber wenigstens solltest du jetzt wissen, dass niemand von der Theosophischen Gesellschaft sein Mörder war. Es war keiner von denen. Es ist anders, als du dachtest. Du brauchst nicht mehr Anschuldigungen durch das Treppenhaus zu brüllen. Weder Martin noch die Gräfin noch Merzig noch ich haben Lindahl ermordet«, sagte Rosa lächelnd.

»Das kann schon zutreffen, 100-prozentig sicher bin ich mir jedoch nicht«, meinte Hiebler, ihr Lächeln erwidernd.

Sie sahen sich tief in die Augen.

Dann wandte sich Hiebler ab.

»So, Rosa, tut mir leid, aber ich möchte jetzt zahlen und aufbrechen«, sagte er. »Schließlich muss ich noch eine Bleibe für die Nacht finden.«

»Aber nach Hause bringst du mich schon noch, oder? Bist doch ein Ehrenmann, der weiß, was sich in Begleitung einer Dame gehört!«, sagte Rosa schnippisch.

Hiebler blies die Backen auf und ließ langsam die Luft entweichen.

»Ja, das weiß ich wohl«, erwiderte er genervt.

Nachdem sie die Weinstube verlassen hatten, zitterte Rosa vor Kälte. Georg schlug den Kragen hoch und gestattete seiner Begleiterin, den Kopf an seine Schulter zu legen. Die Anwesenheit und Nähe Rosas waren ihm nicht unangenehm, dennoch fühlte es sich fremd an, und er war unsicher, wie er mit der Situation weiter umgehen sollte.

»Wo wohnst du denn?«, fragte er Rosa.

»In der Pleich – nicht weit weg von hier. Zehn Minuten zu Fuß«, antwortete sie.

Hiebler nickte und ließ sich führen.

Sie gingen am Juliusspital vorbei Richtung Main. Vor dem Fluss bogen sie rechts ab. Die Gegend war schlagartig anders hier. Statt großen, gutbürgerlichen Stadthäusern waren hier kleine Häuser in engen Gassen um eine Kirche angeordnet. Die Häuser hatten keinen Stuck oder andere Verzierungen. Die Fenster waren klein und, soweit man es von außen anhand der Fensterfront beurteilen konnte, waren die Räume niedrig. Jedes Haus hatte ein spitzes Dach, auf dem meistens einer, selten mehr als zwei Schornsteine sichtbar waren.

Plötzlich blieb Rosa stehen.

»Hier wohne ich«, sagte sie.

Hiebler nickte und sog Luft durch seine Nase. Er roch eine Mischung aus Tierfäkalien und Verwesung. Unwillkürlich blickte er angewidert nach oben.

Rosa lächelte. »Du riechst den Schlachthof«, sagte sie. »Ist gleich hier um die Ecke. Man gewöhnt sich an den Gestank. Nur manchmal im Sommer, wenn es heiß wird, ist es unangenehm.«

Hiebler nickte und rieb sich die Nase.

»Weißt du was, Georg«, sagte Rosa, »du wirst heute Nacht kein Zimmer finden. Die Stadt ist ausgebucht, ich weiß das – und du auch, Georg. Bevor du nun auf der Straße erfrierst: Willst du bei mir im Zimmer schlafen?«

»Rosa, das geht nicht. Es würde sich nicht geziemen«, antwortete Hiebler.

»Bleibt ja zwischen uns beiden. Und bevor du dir draußen den Tod holst«, zerstreute Rosa seine Bedenken.

Hiebler dachte nach. Die Suche nach einem Zimmer in einer Pension oder einem Hotel würde in der Tat wenig Sinn machen. Eigentlich hatte er es schon überall versucht. Und aufs Geratewohl die Stadt zu verlassen und sich auf dem Land etwas zu suchen, war ihm zu unsicher.

»Aber ich werde selbstverständlich für die Übernachtung bezahlen«, sagte er schließlich.

Rosa lachte. »Davon gehe ich aus«, sagte sie. »Also, dann komm mit!«

Sie gingen durch eine Holztür in einen Hausflur, der in etwa ein Fünftel der Dimensionen des Eingangsbereichs des Hauses in der Ludwigstraße hatte. Beim Durchschreiten der Tür mussten sich beide bücken. Der Flur war dunkel. In einem der oberen Stockwerke schien eine Petroleumlampe schwach zu leuchten, sodass es nicht stockfinster war.

Rosa nahm Hiebler an der Hand und führte ihn die Treppe hoch. Eigentlich war es keine Treppe, sondern eine Mischung aus einer schmalen Stiege und einer Leiter. Sie konnten nur hintereinandergehen. Es gab kein Geländer, an dem man sich hätte festhalten können. Hiebler war noch nie in einem derart dunkel und beklemmend wirkenden Haus gewesen. Als sie im zweiten Stock ankamen, öffnete Rosa eine Tür.

Sie drehte sich zu Hiebler um und wies mit dem Kinn auf eine weitere Tür am Ende des engen Flurs. »Hier sind wir. Wenn du nachts austreten musst, dort vorne ist der Lokus.«

Hiebler drehte sich in die gewiesene Richtung und nickte.

Als sie Rosas Wohnung betraten, hörte Hiebler als Erstes ein asynchrones Schnarchen aus mehreren Mündern. Die Luft war stickig. Durch ein schräges Dachfenster drang ein wenig Mondlicht herein. Nachdem sich Hieblers Augen der Dunkelheit angepasst hatten, sah er ein enges Zimmer, in dem drei Personen in drei Betten zu schlafen schienen.

»Meine Mutter und zwei zahlende Fremdschläfer, die in den Betten vom Vater und meinem Bruder schlafen«, flüsterte sie. »Hier arbeiten alle Männer schichtweise im Schlachthof. Wenn Vater und Bruder von ihrer Schicht heimkommen, müssen die anderen beiden Männer ihre Schicht antreten. So hat jeder ein Bett, und wir verdienen noch ein paar Heller dazu.«

Rosa zog Hiebler an der Hand durch den Raum zu einer weiteren Tür. Sie betraten einen zweiten Raum, der winzig war: eine kleine Kommode, ein Bett und eine Wiege.

In dem Bett schliefen zwei Mädchen, in der Wiege lag ein Säugling.

»Ist das dein Kind?«, flüsterte Hiebler.

»Ja, das ist mein Erich«, antwortete Rosa.

»Und sein Vater ist Lindahl?«

Rosa nickte und lächelte.

Dann ging sie zu den beiden Mädchen und rüttelte an deren Schultern. »Aufstehen!«, rief sie. »Raus aus meinem Bett!«

Widerwillig öffneten die beiden die Augen. Das eine Mädchen musste etwa zehn Jahre, das andere 15 Jahre alt sein.

»Aufstehen!«, sagte Rosa erneut. »Macht Platz!«

Die beiden Mädchen standen langsam auf.

»Aber wo sollen wir uns denn dann hinlegen?«, fragte die größere der beiden.

»Legt euch zur Mutter, da ist noch Platz. Ach – habt ihr den kleinen Erich noch gewickelt?«

»Ja«, murmelte das ältere Mädchen missmutig.

Die beiden rieben sich die Augen und gingen langsam aus dem Zimmer. Die kleinere blickte Hiebler im Vorbeigehen wütend an.

Rosa schloss hinter den beiden die Tür und zeigte auf das Bett. »Willkommen in meiner Pension«, grinste sie. »Und das Bett ist sogar vorgewärmt.«

Hiebler war unschlüssig, was er nun tun sollte. Er kam sich deplatziert und nicht willkommen vor. Rosa hingegen warf einen kurzen Blick auf ihren Sohn, dann zog sie Mantel, Schuhe, Kostüm und Strümpfe aus und legte sich mit ihrem Unterkleid in das Bett.

»Na, nun komm schon«, forderte sie Hiebler auf. »Ich muss morgen früh raus.«

Hiebler biss sich auf die Unterlippe und begann, sich nun ebenfalls auszuziehen. Sorgfältig faltete er seine Kleidungsstücke und legte sie über einer Stuhllehne ab. Dann scheitelte er mit den Fingern zunächst von rechts nach links sein Haupthaar und anschließend von der Mitte über seiner Lippe ausgehend nach beiden Seiten den Schnurrbart. In langer, der Jahreszeit entsprechenden Unterwäsche, legte er sich neben Rosa. Mit etwa fünf Zentimetern Abstand zu Rosa blieb er auf dem Rücken liegen, deckte sich bis zur Brust zu, faltete beide Hände darüber und starrte an die dunkle hölzerne Decke.

Rosa blickte auf den Mann neben ihr. Sie legte mit einem Schnurren ihren Kopf auf seiner Schulter ab und tastete sich mit ihrer rechten Hand beginnend von Hieblers Brust langsam unter der Decke hinab bis zu der Stelle zwischen seinen Beinen. Mit ein paar geübten Griffen erreichte sie das, was sie sich erhofft hatte. Hieblers Widerstand war rasch gebrochen.

Kapitel zwölf

Am nächsten Morgen wurde Hiebler durch die Strahlen der aufgehenden Sonne geweckt, die durch ein kleines schräges Dachfenster ihm direkt ins Gesicht schienen. Der Platz neben ihm im Bett war leer. Stattdessen saß das jüngere der beiden Mädchen, das Rosa gestern vertrieben hatte, auf der Bettkante. In ihrem Arm trug sie den kleinen Erich, der mit großen Augen die Welt um ihn herum still betrachtete.

»Mutter!«, schrie das Mädchen. »Der Mann in Rosas Bett ist wa-ach!«

Der kleine Erich zuckte kurz erschrocken zusammen. Hiebler hob den Kopf. Verwirrt sah er auf das Mädchen. »Guten Morgen«, sagte er.

»Bist du Rosas neuer Mann?«, fragte das Mädchen. Hiebler schätzte sie auf etwa zehn Jahre.

»Ja … nein … also, weißt du …«, stammelte er, als eine Frau in die kleine Kammer trat. Sie sah aus wie eine etwa 20 Jahre ältere Version von Rosa. Die gleichen Augen, derselbe freundliche Gesichtsausdruck, Rosas Figur, nur mehr Falten und etwas kleiner.

»Sie brauchen ihr nicht zu antworten«, sagte sie zu Hiebler. »Und dir habe ich schon hundertmal gesagt, dass du nicht so schreien sollst«, ermahnte sie das Mädchen. »Nebenan schlafen dein Vater und dein Bruder.«

Beschämt blickte das Mädchen zu Boden.

»Hanna Gesell«, stellte sich die Frau vor und streckte Hiebler die rechte Hand zum Gruß hin.

Als er den Gruß erwidern und aufstehen wollte, stellte er fest, dass er keine Unterhose anhatte. Er bedeckte daher seinen Unterleib und setzte sich nur etwas weiter im Bett auf. Verschämt reichte er ihr vom Bett aus die Hand. »Guten Morgen, Georg Hiebler mein Name«, antwortete er.

Rosas Mutter erkannte, wie unangenehm Hiebler die Situation war, und konnte sich ein Kichern nicht verkneifen.

»Bleiben Sie ruhig im Bett!«, sagte sie. »Ich soll Sie übrigens von Rosa grüßen. Sie musste in die Arbeit. Weiterhin soll ich Ihnen sagen, dass sich Rosa freuen würde, Sie wiederzusehen. Morgen um 11 Uhr steht sie an der Theaterstraße und verfolgt den Faschingsumzug.«

»Vielen Dank!«, sagte Hiebler. »Was bin ich Ihnen denn für die Übernachtung schuldig?«

Frau Gesell lächelte. »Jetzt ziehen Sie sich erst mal an. Ich bin nebenan.«

»Komm, Else!«, sagte sie zu dem Mädchen. »Nimm Erich mit und lass den Mann in Ruhe.«

Als Hiebler endlich wieder allein in der kleinen Kammer war, zog er sich an. Einen Waschtisch mit Kanne und Schüssel sah er nicht, also rubbelte er sich mit den Handflächen das Gesicht ab und kämmte mit den Fingern Kopfhaar und Schnurrbart. Er warf einen Blick auf die Taschenuhr: 7.45 Uhr – lange und gut geschlafen, dachte er sich. Er kramte seine Geldbörse hervor und überlegte, wie viel er für die Nacht zu bezahlen hatte. Das Zimmer bei Frau Reckziegel hatte für eine Woche sieben Mark gekostet. Also eine Mark für eine Nacht? Das aber für eine Kammer ohne Waschgelegenheit und ohne Frühstück? Andererseits …

Er kramte aus der Geldbörse einen Fünf-Mark-Schein hervor. Dann nahm er Mantel, Hut und Tasche und verließ das Zimmer.

In dem Nebenraum war es düster. Hiebler sah zwei Männer schlafend in ihren Betten liegen. Bruder und Vater Gesell nach der Nachtschicht, dachte er sich.

Als Frau Gesell ihn sah, hielt sie den ausgestreckten Zeigefinger vor die Lippen und machte leise »Psst«. Sie signalisierte Hiebler, ins Treppenhaus weiterzugehen, und folgte ihm.

»Wir gehen vor die Tür«, sagte sie und ließ ihn die enge Stiege vorangehen und das Haus verlassen.

»So«, sagte sie, als sie auf der Straße waren. Sie atmete tief durch. Die Luft war frisch. Der Wind stand besser als am Abend zuvor, als es nach Tierverwesung roch. Die Sonne schien, und für einen Februartag war es relativ warm. »Tut mir gut, ein bisschen durchzuschnaufen.«

Hiebler stellte seine Tasche ab. »Frau Gesell, sagen Sie bitte dem Fräulein Rosa, dass ich ihr sehr dankbar bin.«

Er holte den Fünf-Mark-Schein hervor und gab ihn Rosas Mutter.

»Das ist aber viel Geld für eine Nacht«, staunte sie.

»Ich denke, dass Sie es brauchen können«, antwortete Hiebler und lächelte.

»Vergelt's Gott!«, sagte Frau Gesell. »Sie sind ein Studierter, oder?«

»Ja«, erwiderte Hiebler, »Beamter Seiner Majestät. Ich arbeite in München.«

Frau Gesell blickte überrascht. »Ein studierter Beamter hier in der Pleich in Würzburg.«

Hiebler nickte, lüpfte kurz seinen Hut und packte seine Reisetasche fester.

»Auf Wiedersehen, Frau Gesell!«, sagte er und machte sich auf den Weg.

»Wiedersehen!«, rief ihm Rosas Mutter hinterher. »Kommen Sie gerne wieder. Und denken Sie daran, dass Rosa Sie morgen zum Faschingszug erwartet!«

Sie winkte Hiebler nach, dann verschwand sie wieder in dem dunklen, engen Haus.

»Und nun?«, murmelte Hiebler vor sich hin, als er Richtung Juliuspromenade marschierte. »Wie geht es jetzt weiter? Als Erstes wohl die Tasche irgendwo abstellen. Das Ding wird mir langsam lästig!«

Für Hiebler kamen zwei Möglichkeiten infrage: Entweder die Tasche am Bahnhof in der Gepäckaufbewahrung abgeben oder ins Oberwachtmeisterzimmer gehen und sich dort an den Schreibtisch setzen. Wenn er zum Bahnhof ginge, müsste er sich fragen, was er anschließend mit sich anfangen sollte. Wahrscheinlich würde er dann besser gleich den Zug nach München nehmen, um das ganze Schlamassel seiner Dienstreise nach Würzburg zu beenden. Wollte er das? Nein, jetzt noch nicht! Also entschloss er sich, in das Rathaus zu gehen. Er wollte dort nochmals seine Notizen durchgehen und in Ruhe nachdenken.

Auf dem kurzen Weg zum Rathaus merkte Hiebler, dass sich die Straßen der Stadt langsam mit maskierten, feiernden und singenden Menschen füllten. Auf dem Marktplatz spielte eine Blaskapelle Tanzmusik. Der Fasching begann! Neben den Maskierten sah er aber auch viele eher wohlhabende Bürger mittleren Alters, die trotz des Arbeitstags auf den Straßen flanierten. Unter ihnen waren auch Männer mit langen Bärten und Jacketts mit Stehkragen. Manche von ihnen sahen aus wie Zauberer aus einem Märchen. In ihrer Begleitung sah er Menschen mit brauner Gesichtshaut, vereinzelt sogar mit Turban, oder Frauen mit Seidentüchern um den Kopf und großem roten Fleck auf der Stirnmitte. Hiebler war sich nicht sicher, ob das Faschingskostüme waren oder Teilnehmer am Kongress der Theosophischen Gesellschaft.

Als er am Rathaus angekommen war, wunderte er sich, dass kein Gendarm zu sehen war und die Zimmer abgesperrt waren. Ist der Samstag in Würzburg kein Arbeitstag, oder sind die schon im Einsatz wegen des Faschingsumzugs?, fragte er sich, ging zum Pförtner und ließ sich das Oberwachtmeisterzimmer aufsperren.

Hiebler stellte die Tasche auf den Boden, legte Mantel und Hut ab und setzte sich an den freien Schreibtisch von Deschels Kollegen. Er holte aus der Innentasche des Jacketts sein Notizblatt hervor und überflog seine Eintragungen. Was hatte er sich vorgenommen? Systematisch vorzugehen! Er musste versuchte, die aktuellen Erlebnisse vorübergehend auszublenden und zunächst grundlegende Aspekte durchzugehen.

Was habe ich während des Studiums zum Thema Strafrecht und Mord gelernt?, überlegte Hiebler. Seit der Reichsreform besteht ein einheitlicher Paragraf, der für einen Mord einen niedrigen Beweggrund voraussetzt. Hierbei gibt es vier wesentliche Kategorien, welche eine Person zu einem Mörder machen. Er fragte sich nun selbst aus und zählte die Punkte ab. »Erstens die Mordlust, zweitens die Befriedigung des Geschlechtstriebs, drittens die Habgier sowie viertens sonstige niedrige Beweggründe wie Rache oder Eifersucht und Zorn.«

»Also, dann gehen wir es mal durch«, murmelte er weiter. »Mordlust mag sein, aber warum dann Lindahl? Bei Lust am Morden hätte der Täter während des Tötens Lindahl mehr gequält und nicht eine Kugel abgefeuert und sich dann aus dem Staub gemacht. Für den Geschlechtstrieb gibt es nun überhaupt keine Hinweise – trotz offenem Hosenlatz. Habgier ist ausgeschlossen, Lindahl wurde weder Geld noch seine Uhr entwendet. Bleiben also noch die sonstigen Gründe übrig: Rache, Eifersucht, Zorn.«

Hiebler stand auf. Er ging im Raum hin und her, um besser nachdenken zu können.

Rache, Eifersucht, Zorn. Zorn? Der Bettler, der durch Lindahl seine Arbeit und damit Existenz verloren hat, war sicherlich zornig. Aber hatte dieser Ruprecht nicht selbst die Gendarmerie gerufen, als er die Leiche gefunden hatte? Und woher sollte er die Waffe gehabt haben? Hatte er sie von Deschel geklaut und bewusst die Gendarmerie am nächsten Tag gerufen, um sich selbst aus der Schusslinie zu nehmen? Wäre ziemlich unverfroren und für einen Tagelöhner schwer vorstellbar. Wie sah es mit Eifersucht aus? Für die Gräfin oder die vielen anderen Frauen, die eine Affäre mit ihm hatten, wäre das sicher ein Motiv. Aber dass eine Frau den Mann, den sie liebt, kaltblütig erschoss, war schwer vorstellbar. Blieb also noch Rache. Rache und Vergeltung für ein Verbrechen oder eine Untat, die Lindahl begangen hatte?

Hiebler nahm wieder Platz und lehnte sich in seinem Stuhl zurück. Er blickte zur Decke. »Rache wäre ein starkes Motiv«, murmelte er weiter vor sich hin. »Der Mörder müsste nicht nur großen Hass auf Lindahl verspürt, sondern Vergeltung gesucht haben. Vergeltung, weil er Lindahl bestraft sehen wollte, aber das Gewaltmonopol des Staates für nicht ausreichend erachtete. Weil er den Zwang verspürte, Gerechtigkeit walten zu lassen und den sozialen Frieden in der Stadt wiederherzustellen. Das wäre ein Motiv, aber wer sollte sich rächen wollen? Oder andersrum gefragt: Welches Verbrechen sollte Lindahl begangen haben, um ihn hierfür zur Rechenschaft ziehen zu wollen? Bei Séancen geschummelt? Sich als exzentrischer Gartenarchitekt verhalten? Liebschaften mit Frauen angefangen oder uneheliche Kinder gezeugt?«

Hiebler stand auf und marschierte im Zimmer von einer Ecke zur nächsten. »Ich muss etwas übersehen haben! Ich muss etwas übersehen haben! Ich muss etwas ... Ich muss nochmal seine Akte durchgehen. Vielleicht findet sich ein Hinweis in der Liste seiner Hinterlassenschaften. Ein Fingerzeig auf die Person, die sich an ihm rächen wollte«, murmelte er vor sich hin.

Er ging zu dem großen Aktenschrank, aus dem Deschel während ihres ersten Treffens Lindahls Akte herausgezogen hatte.

1885, 1886, 1887 – und weiter im Alphabet H, I, J, K, L, Le, Li, ... Limberger, Limmer, Lippstein. Wo war Lindahl? Limmer. Lippstein, List? Das konnte doch nicht sein! Da fehlte die Akte!

Hiebler ging alle Akten mit dem Buchstaben »L« durch, ohne fündig zu werden. Anschließend suchte er auf Deschels Schreibtisch weiter. Er blickte unter das Regal und durchsuchte sogar noch die Buchstaben »K« und »M« sowie alle Akten mit »L« aus den Jahren 1886 und 1888. Nichts! Keine Spur! Die Akte schien verschwunden zu sein.

Hiebler schüttelte den Kopf. »Das darf doch nicht wahr sein!«, redete er mit sich selbst. »Deschel! Was willst du mir verschweigen? Wo hast du die Akte hingetan?«

Er dachte an den verlorenen *Mauser*-Revolver des Gendarmen und dessen Ausflüchte, als er damit konfrontiert wurde.

Also doch Deschel? War er Lindahls Mörder? Aber was wäre sein Motiv gewesen?

Hiebler nahm seinen Hut und zog den Mantel an. Dann klopfte er an allen Zimmern der Würzburger Gendarmerie. Die Türen waren immer noch verschlossen, niemand war da.

Das gibt es doch nicht! Wo sind die hin?, fragte er sich und rüttelte an den Türen. Schließlich kam ein Bürobote auf ihn zu, der durch den Lärm auf Hiebler aufmerksam geworden war. »Kann ich Ihnen helfen?«, fragte er.

»Ja, wo ist Oberwachtmeister Deschel? Wo ist die gesamte Würzburger Gendarmerie?«

»Die sind alle auf der Marienfeste. Einsatzbesprechung in der Regimentskaserne für den morgigen Tag«, antwortete der Bürobote. »Es ist eine ganze Hundertschaft rekrutiert worden! Angeblich sind sogar Gendarmen bis aus Aschaffenburg gerufen worden. Man möchte auf alles während des Faschingsumzuges vorbereitet sein.«

Hiebler nickte. »Danke«, sagte er, strich sich seinen Schnurrbart glatt und machte sich auf den Weg.

Kapitel dreizehn

Hiebler verliess das Rathaus. Er ging über die Alte Mainbrücke in die Zellerau. Auf der Brücke musste er sich durch angetrunkene, feiernde Menschen durchkämpfen. Aus großen Holzfässern wurde Wein ausgeschenkt. Musikanten stellten sich in die Ausbuchtungen oberhalb der Brückenpfeiler und spielten beliebte Gassenhauer. Hiebler sah mehr maskierte als unverhüllte Gesichter. Er sah Narren, Chinesen, Indianer, Inder, Schwarzafrikaner und diverse Tierverkleidungen. Zum Teil waren die Verkleidungen detailverliebt und witzig, zum Teil einfach nur plump. Das Treiben imponierte Hiebler wenig. Er war schon immer ein Faschingsmuffel gewesen. Die organisierte Fröhlichkeit war ihm fremd. Jetzt nervte ihn das bunte Geschehen. Er brauchte Antworten auf seine Fragen, um endlich den Fall lösen zu können, und keine grölenden, lärmenden Karnevalisten und laute Musik um sich herum.

Auf der anderen Mainseite war es ruhiger. Hiebler fand einen Wegweiser, der nach links zum Käppele, der barocken Wallfahrtskirche, führte. Nach rechts war der Weg zur Festung Marienberg ausgeschildert. Er folgte dem rechten Wegweiser und marschierte einen steilen

Pfad mit vielen Treppenstufen den Berg hoch. Nach etwa 20 Minuten erreichte er sein Ziel. Er ging entlang der hohen Festungsmauern durch einen Befestigungsgraben, bis er an einem Tor ankam, das durch einen Gendarmen mit Flinte, Revolver und Säbel bewacht wurde. Hiebler wies sich aus und behauptete, sofort Oberwachtmeister Deschel sprechen zu müssen. Der Wachposten musterte ihn vom Scheitel bis zur Sohle und forderte ihn schließlich auf, ihm zu folgen. Sie passierten ein zweites Tor, worauf sie in den Innenhof der Burg gelangten.

Hiebler traute seinen Augen nicht: Der gesamte Hof war mit Tischen und Bänken ausgestattet, an denen mehrere Dutzend Gendarmen in voller Uniform saßen und gemeinsam einen Imbiss einnahmen. Ein paar Männer prosteten sich mit Weingläsern zu. Das soll eine Einsatzbesprechung sein? Im Freien? Mit Wein? In München schneit es wahrscheinlich gerade, und jeder ist froh, ein Dach über dem Kopf zu haben. Hier sitzt man gemeinsam Mitte Februar in der Sonne und macht Brotzeit, dachte er und schüttelte den Kopf. Auch wenn Würzburg zu Bayern gehört, irgendwie ist dies doch ein anderes Land: anderer Dialekt, andere Getränke, andere Menschen, anderes Wetter.

Kaum, dass Hiebler den Innenhof der Festung betreten hatte, sah er Deschel wild winkend mit einem breiten Lächeln auf ihn zustürmen.

»Ja, da schau mal an!«, rief er laut mit vollem Mund. Er würgte noch einen Bissen hinunter. »Der Georg kommt uns besuchen! Wo warst du denn die ganzen letzten Tage? Wir dachten schon, dass du wieder nach München zurück bist.«

Siebert, der Chef der Polizei, wurde durch die laute Stimme Deschels aufmerksam und bewegte sich nun ebenfalls auf Hiebler zu. Im Gegensatz zu ihrem ersten Treffen, als er einen Anzug trug, war er jetzt, wie alle anderen, in Uniform. Siebert grüßte Hiebler mit einem leichten Kopfnicken. »Was können wir für Sie tun, Herr Assessor?«, fragte er mit weichem, dröhnendem Bass.

»Herr Siebert, Friedhelm, ich … ich …«, stammelte Hiebler. Er wusste nicht, wie er am besten anfangen sollte.

»Ja? Sie haben sich verlaufen?«, fragte Siebert mit einem zynischen Lächeln.

»Nein, ich … ich … erwarte eine größere Kooperationsbereitschaft der Würzburger Gendarmerie bezüglich der Aufklärung des Mordes an Jöns Lindahl! Es gibt eine ministeriale Anordnung, die ich geboten bin zu erfüllen«, rief Hiebler laut und für alle Umstehenden hörbar. »Und Sie, die Vertreter der Würzburger Gendarmerie, haben die Verpflichtung, mich dabei zu unterstützen! Das erwarte ich von Ihnen – hier und jetzt!«

Siebert lächelte milde. »Kommen Sie doch mal mit«, sagte er gelassen und wies Hiebler an den Tisch, an dem er vorher gesessen hatte. »Und Sie bitte auch, Deschel.«

Sie setzten sich zu dritt an einen Tisch am Rande des Innenhofs. Auf einem hölzernen Teller lagen noch Reste von gepökeltem Fleisch, Käse und etwas Brot.

»Bitte bedienen Sie sich«, sagte Siebert.

»Besten Dank, aber ich habe keinen Appetit«, antwortete Hiebler. Eigentlich hatte er großen Hunger, und der Magen knurrte ihm beim Anblick der Mahlzeit. Er war jedoch nicht zum Essen gekommen und wollte sich nicht von Siebert einlullen lassen.

»Deschel, warum ist der Herr Assessor zu übellaunig? Waren Sie denn nicht gastfreundlich zu ihm?«, führte Siebert die Unterredung fort.

»Natürlich war ich das, Chef«, antwortete Deschel. »Wir waren zusammen auf Streife, im *Bürgerspital* auf ein paar Schoppen, haben uns unterhalten, und der Georg Hiebler war immer willkommen bei mir im Oberwachtmeisterzimmer.«

»Es geht mir nicht um gemeinsame Unternehmungen oder um die Würzburger Gastfreundschaft«, erwiderte Hiebler genervt. »Es geht um die Aufklärung eines Mordfalls. Wie oft muss ich denn das noch erwähnen?«

»Aha«, meinte Siebert lapidar. »Ist es denn jetzt ein Mord gewesen? Hat die Würzburger Gendarmerie also schlecht ermittelt? Ist es das, was Sie sagen wollen?«

»Herr Siebert, es gibt ausreichend Hinweise, dass …«, begann Hiebler.

»Wenn das Ihre Meinung ist«, unterbrach ihn Siebert, »dann wären Sie mal besser gleich nach München gefahren oder hätten sich noch ein paar Tage mehr zur Erholung im Juliusspital gegönnt, um Ihre Kopfverletzung auszukurieren. Wir haben uns hier jedenfalls nichts vorzuwerfen.«

Hiebler blickte Siebert wütend an. Er hasste es, beim Reden unterbrochen zu werden.

»Woher wissen Sie überhaupt, dass ich wegen einer Kopfverletzung im Juliusspital war?«, fragte er schließlich.

Siebert grinste ihn an. »Als Chef der Gendarmerie ist man immer gut informiert.«

»Nun gut«, fuhr Hiebler nach einer Weile fort. »Wenn Sie so gut informiert sind, dann wissen Sie sicher auch, dass das Opfer wohl eine der unbeliebtesten Personen in Würzburg gewesen ist, das …«

»Natürlich wissen wir das, oder, Deschel?«, unterbrach Siebert erneut und blickte wohlwollend auf seinen Oberwachtmeister. »Daher hat er sich ja auch umgebracht«, sprach er, wieder an Hiebler gewandt. »Lindahl war kein Opfer. Und ein Mordopfer schon dreimal nicht. Merken Sie sich das, Herr Assessor! Ihre Hypothese ist lächerlich!«

Deschel nickte unsicher, er fühlte sich sichtlich unwohl, mit den beiden am Tisch zu sitzen.

»Sie haben mich erneut unterbrochen, Herr Siebert!«, erwiderte Hiebler zornig. »Lassen Sie mich jetzt bitte ausreden! Lindahl war ein Mordopfer, dessen bin ich mir inzwischen sicher. Hierfür gibt es Beweise! Er wurde vorsätzlich erschossen, wohl aus Eifersucht oder auch aus Rache, nicht unbedingt aus Hass. Lindahl war nicht nur der unerwünschte Landschaftsgärtner, er war auch in diverse – nennen wir es mal – Trickserеien im Hause der Gräfin von Wachtmeister verstrickt. Da Sie, Herr Siebert, ja so gut informiert sind, wissen Sie sicherlich auch, dass Lindahl im Vorstand der Theosophischen Gesellschaft war und eine Affäre mit der Gräfin hatte. Genau diese Beziehung führte jedoch wohl auch dazu, dass er die Gesellschaft verlassen musste. Er hatte nicht nur Interesse an der Comtesse. Lindahl hatte Affären mit vielen Frauen, alten, jungen, reichen, armen Frauen. Er hatte unzählige Liebschaften. Ich könnte wetten, dass er mehrere nicht eheliche Nachkommen in Würzburg hinterlassen hat. Wenn Sie auf Streife in den Straßen Ihrer schönen Stadt mal ein blondes Kind sehen, hätte ich da so eine Vermutung, wer der Vater sein könnte. So unbeliebt Lindahl im Stadtrat und bei einigen anderen war, viele Personen weiblichen Geschlechts hatten da eine andere Einstellung. Manche schienen ihn sogar richtiggehend zu verehren – egal was und mit wem er es gerade trieb. Lindahl war …«

»Hören Sie auf mit Ihrem Geschwätz!«, schrie plötzlich Siebert.

Die umsitzenden Gendarmen blickten verwirrt auf Siebert.

»Hören Sie auf und verlassen Sie diesen Ort! Sie unverschämter und verleumderischer Schuft! Gehen Sie doch dorthin zurück, von wo Sie hergekommen sind! Und zwar jetzt! Oder ich lasse Sie inhaftieren!«

Siebert stand auf und ging in eines der Kasernengebäude am Rand des Innenhofs.

Währenddessen hatten sich einige Gendarmen von ihren Plätzen erhoben und die rechte Hand auf die Griffe ihrer Säbel gelegt. Sie blickten drohend in Hieblers Richtung.

»Georg, ich glaube, dass es besser ist, wenn du jetzt gehst«, sagte schließlich Deschel. »Wir reden später miteinander, ja?«

Hiebler nahm Deschel zunächst nicht wahr. Er blickte konsterniert mit bleichem Gesicht ins Leere.

»Georg, bitte!«, sagte Deschel erneut.

Hiebler wandte sich ihm langsam zu.

»Ja«, sagte er leise und erhob sich. »Aber du musst mir noch sagen, wo du die Ermittlungsakte zum Fall Lindahl versteckt hältst«, sagte er und bewegte sich langsam in Richtung Tor.

»Nirgends, Georg, nirgends!«, rief ihm Deschel hinterher. »Ich habe die Akte nicht versteckt.«

Hiebler trottete zurück in die Stadt. Er nahm einen anderen, weiteren Weg durch die Weinberge. Jetzt sah er auch aus nächster Nähe die Rebstöcke, die er als erste Eindrücke der Stadt nach seiner Ankunft am Bahnhof wahrgenommen hatte. Seit er in Würzburg angekommen war, lief nichts so, wie er es sich vorgenommen hatte – gar nichts! Sein ganzes Leben schien bisher perfekt durchgeplant gewesen zu sein. Die Kindheit, Schule, Studium, Beruf. Alles hatte seine Ordnung und ließ sich ohne großen Aufwand in die richtige Richtung steuern. Jetzt war alles anders. Hiebler war fassungslos über sich selbst und über die Art und Weise, wie seine Mitmenschen mit ihm umgingen. Brüllt mich an und droht mir mit Verhaftung! Er ist verpflichtet, mit mir zusammenzuarbeiten. Warum macht Siebert das? Warum passiert mir so etwas?, ging es Hiebler immer wieder durch den Kopf.

Er blieb an einer Stelle stehen und blickte über die Stadt, die sich an die Ufer des Mains schmiegte und am nördlichen Ende von weiteren Weinbergen begrenzt war. Er blickte auf die Dächer der engen Gassen, die Türme der vielen Kirchen unterschiedlichen Baustils sowie den Dom und die breite Domstraße, die wiederum an der Hinterseite des Rathauses vorbei direkt auf die Alte Mainbrücke zuführte. Jetzt, mit Beginn des Nachmittags, füllten sich Straße und Brücke weiter. Mit jeder Stunde schienen sich mehr Menschen zu versammeln. Er hörte Stimmengewirr, Gelächter, Musik und Gesänge zu sich hoch dringen. Die Leute feierten und waren guter Laune – egal, ob jung oder alt, reich oder arm.

So ein schöner Ort! Und dennoch scheint mir hier nichts zu gelingen.

Hiebler ging den Weg, der entlang der Weingärten bergab mäanderte, weiter bis zum Flussufer. Die Mainbrücke war nun komplett gefüllt mit Menschen. Hiebler quetschte sich durch die feiernden Massen. In der

Ausbuchtung mit der Statue des Heiligen Kolonat tanzten Mädchen in altertümlichen Kleidern und lächelten ihm aufreizend zu.

Hiebler verzog keine Miene.

Weiter in Richtung Altstadt hüpfte eine Gruppe junger Männer, die alle als bunte Vögel verkleidet waren, mit lautem Gekreische um ihn herum.

Er blieb kurz stehen und wartete regungslos, bis sie wieder weiterzogen.

Schließlich tippte ihm jemand auf die Schulter. Hiebler drehte sich um und sah einen untersetzten, dicken Mann mit Narrenkappe, weiß geschminktem Gesicht und rot angemalter Nase grinsend vor sich stehen. In seiner linken Hand hielt er ein Weinglas.

»Georg, mein Assistent!«, rief der Mann. »So sieht man sich wieder.«

Jetzt erkannte Hiebler, dass es sich um Knoll handelte. Ein flüchtiges Lächeln kam ihm über die Lippen.

»Haben Sie sich wieder erholt?«, fragte Knoll und musterte ihn. »Zuletzt haben Sie ja in der Tat einen bleibenden Eindruck bei einigen Personen hinterlassen. Bei mir selbst übrigens auch. Und die Geisterfotografie wird mir in nächster Zeit wohl nicht mehr als Einkunftsquelle dienen.«

»Grüß Gott, Herr Knoll«, erwiderte Hiebler. »Ich glaube, dass ich mich auch noch bei Ihnen entschuldigen muss.«

Knoll winkte ab. »Schwamm drüber! Alles halb so schlimm. Die hohen Herrschaften schienen mir nach

Ihrem Auftritt recht bedröppelt gewesen zu sein. Schade übrigens, dass ich nicht weiter fotografiert habe. Solche entsetzt und überrascht blickende Gesichter bekommt man selten vor die Linse. Meine Schuld, dass ich nicht reagiert habe, aber was soll's! Nur, wenn Sie das nächste Mal solch eine Aktion vorhaben, wäre ich Ihnen dankbar, wenn Sie mir rechtzeitig Bescheid geben könnten.«

Knoll zwinkerte und lächelte verschmitzt.

»Aber jetzt sollten Sie sich auch einen Schoppen holen und mitfeiern!«, sagte er. »Und eine Verkleidung wäre auch nicht schlecht. Es ist Fasching, Hiebler!«

Er nahm einen großen Schluck aus seinem Glas. »Bis später dann! Und noch viel Vergnügen«, sagte er und ging im Rhythmus der um sie herum ertönenden Musik weiter.

Hiebler nickte kurz, dann bewegte er sich in Richtung Domstraße. Am Ende der Brücke hatten sich mehrere Winzer positioniert, die für ein paar Pfennige Wein ausschenkten. Etwas weiter unten, am Fuß der Brücke, waren Stände, an denen Metzger Bratwürste verkauften. Der Duft der gegrillten Wurstwaren bewirkte erneut ein tiefes Knurren in Hieblers Magen. Vor jedem Stand war eine Schlange von etwa 20 Menschen. Hiebler kramte seine Taschenuhr heraus. Es war inzwischen 14.30 Uhr nachmittags. Er hatte bisher weder gefrühstückt noch ein Mittagessen zu sich genommen. Hiebler holte ein paar Münzen aus seiner Geldbörse, überlegte kurz und reihte sich schließlich in die Schlange vor dem Fassausschank ein. Er kaufte sich zwei Schoppen Silvaner, prostete sich selbst zu und trank die Gläser zügig aus. Wegen seines leeren Magens spürte er rasch die Wirkung des Alkohols.

Leicht schwankend ging er weiter zum Rathaus. Er nahm den Hintereingang, grüßte im Vorbeigehen kurz den Pförtner und torkelte direkt in Deschels Zimmer. Dort angekommen, zog er seinen Mantel aus und breitete ihn auf dem Boden in einer Ecke des Raums aus. Den Hut knüllte er zusammen. Er legte sich auf den Mantel, drehte sich auf die Seite und benutzte den Hut als Kopfkissen. »So ein Mist, das alles«, brabbelte er. Dann schlief er ein.

Kapitel vierzehn

Hiebler musste etwa zwei Stunden geschlafen haben, als er wieder wach wurde. Das Licht im Zimmer wurde dunkler, draußen begann es langsam zu dämmern. Er öffnete die Augen und blickte noch schlaftrunken seitlich über den Boden. In etwa einem Meter Abstand zu ihm sah er zwei schwarze Stiefel, die in dunkelblaue Hosenbeine übergingen. Langsam wanderte sein Blick hoch. Die blaue Hose setzte sich in einer grünen Jacke mit goldenen Knöpfen fort. Er sah zwei ineinander verschränkte Hände – nein keine Hände, eher Pranken – im Schoß der Person ruhen, die vor ihm saß. Bevor er weiter nach oben sah, um das Gesicht der Person zu erkennen, hörte er eine tiefe Bassstimme: »Auch schon wach? Herr Assessor, Sie sind mir aber einer. Am helllichten Tag seinen Rausch auszuschlafen. Schämen Sie sich!«

Hiebler brauchte der Person nicht ins Gesicht sehen, er wusste, wer vor ihm saß. Mit einem genervten Stöhnen drehte er sich auf den Rücken.

»Was wollen Sie denn hier?«, fragte er gähnend.

»Ihnen die Akte geben, die Sie gesucht haben«, antwortete Siebert.

Hiebler stützte sich auf den Ellenbogen ab und versuchte aufzustehen.

»Aber, aber, bleiben Sie besser liegen, Hiebler! Wir haben etwas zu besprechen. Da gefällt mir die momentane Position von uns beiden ganz gut«, sagte Siebert streng.

»Darf ich mich wenigstens aufsetzen?«, fragte Hiebler.

Siebert nickte.

Hiebler richtete sich mühsam auf, zog die Knie hoch und lehnte sich mit dem Rücken an die Wand. Jetzt konnte er Siebert besser betrachten. Der Chef der Würzburger Polizei hatte den Stuhl von Hieblers Arbeitsplatz gedreht. Eine Armlänge seitlich von ihm war der Schreibtisch, auf dem er zwei Akten, eine Petroleumlampe, die Pickelhaube, seinen Säbel sowie einen Revolver abgelegt hatte. Ansonsten war der Raum leer. Die Tür war geschlossen.

Nachdem er die Situation erfasst hatte, blickte Hiebler direkt in Sieberts Augen.

Misstrauisch starrten sich beide an, bis sich Siebert abwandte. Er griff hinter sich und nahm eine der beiden Akten. »Hier!«, sagte er und warf sie Hiebler vor die Füße. »Die Lindahl-Akte. Haben Sie doch gesucht, oder?«

Hiebler ignorierte die Mappe und blickte Siebert weiter an.

»Wissen Sie was, Hiebler?«, begann Siebert. »Nachdem Sie mir vom Ministerium angekündigt wurden, war mir eigentlich sofort klar, dass man mir eine Null schicken würde. Jemanden, der einen Scheinauftrag bekommt, weil es Teil des Ausbildungscurriculums zum höheren Beamten ist. Als ich Sie dann das erste Mal gesehen habe, hat sich meine Vermutung auch in vollem Maße bestätigt: ein gestriegelter und arroganter Jungspund mit gepflegter Fassade, aber nichts dahinter.«

Siebert verschränkte die Hände im Nacken und lehnte sich im Stuhl zurück.

»Aber Sie sind anders, Hiebler. Sie sind – ich weiß nicht, wie ich es am besten ausdrücken kann – irgendwie lästig … zäh und lästig! Wie eine Fliege, die ständig um einen herumschwirrt. Man vertreibt Sie, aber Sie kommen immer wieder zurück. Wie nicht anders zu erwarten, stellen Sie sich zwar dämlich in Ihren Ermittlungen an, treten in jedes Fettnäpfchen, das sich Ihnen anbietet, sehen den Wald vor lauter Bäumen nicht, aber … aber Sie geben nicht auf. Sie sind zäh und stur!«

Er beugte sich jetzt wieder vor und zeigte mit dem Zeigefinger auf Hiebler.

»Und das, Herr Assessor, macht Sie unkalkulierbar. Irgendwann kommen Sie dann doch an Ihr Ziel, auch wenn Sie sich bis dahin mehrere Male ihr gestriegeltes Köpfchen anstoßen!«

»Ich will nur die Wahrheit finden, nichts anderes«, sagte Hiebler. »Das ist mein Ziel.«

»Die Wahrheit! Die Wahrheit wollen Sie finden?«, erwiderte Siebert höhnisch. »Was ist denn bitte die Wahrheit? Die Wahrheit ist komplex, Hiebler. Es gibt viele Wahrheiten, je nachdem, wie man die Dinge betrachtet. Die Wahrheit, Hiebler, ist uninteressant. Es geht nicht um die Wahrheit, es geht um Gerechtigkeit. Das ist es, was zählt: Recht, Ordnung und Gerechtigkeit. Dafür arbeite ich seit nun fast 30 Jahren, und das sollte auch Ihr Ziel sein. Aus diesem Grund hat man Sie im Ministerium angestellt. Auch Sie sollen für Recht und Ordnung im Königreich Bayern sorgen. Die Wahrheit interessiert hier keinen, nicht Sie, nicht mich, nicht den Freiherrn von Feilitzsch und auch nicht Seine Majestät, den Prinzregenten.«

»Die Wahrheit ist die Basis für ein gerechtes Handeln! Sie können nicht beides getrennt voneinander betrachten. Wenn wir nicht die Wahrheit suchen, besteht die Gefahr, ungerecht zu handeln«, erwiderte Hiebler trotzig.

Siebert lehnte sich wieder zurück. Er atmete einige Male tief ein und aus.

»Ist das so? Ist es das, was Sie in Ihrem Studium gelernt haben?«, fragte er.

Siebert dachte einen Moment nach, dann fuhr er fort: »Wissen Sie was, Hiebler, ich sage Ihnen jetzt mal, was die Wahrheit im Falle Lindahl ist. Dieser Mensch war ein selbstsüchtiger, selbstverliebter, rücksichtsloser und zutiefst amoralischer Schuft. Es hat ihm Spaß gemacht, andere Menschen zu täuschen und ihnen etwas vorzugaukeln. Es ging ihm ausschließlich darum, seine eigenen Ziele zu erreichen oder sein eigenes Verlangen zu befriedigen. Je stärker ihm jemand verfallen war, umso mehr hat es ihm Freude bereitet, diese Person zu quälen. Die Gefühle und Nöte seiner Mitmenschen waren ihm egal.«

Siebert rieb sich über seine Bartstoppeln und blickte nachdenklich ins Leere.

»Das ist die Wahrheit, Hiebler. Jetzt sagen Sie mir bitte, ob es gerecht ist, so zu handeln. Ich sage Ihnen eines: Wenn Lindahl nicht schon erschossen worden wäre und seine Leiche nicht mittlerweile in irgendeinem schwedischen Acker verfaulen würde, müsste man ihn nochmals erschießen, immer und immer wieder. Das wäre gerecht.«

»Lindahl ist also ermordet worden?«, fragte Hiebler.

Siebert sah mit einer Mischung aus Verwunderung und Drohung auf Hiebler.

»Wollen Sie sich einen Spaß mit mir erlauben? Natürlich wurde er erschossen, das wissen Sie doch schon seit dem ersten Tag, seit Sie hier sind. Also hören Sie auf mit diesen kindischen Spielchen!«, erwiderte er mit dröhnender Stimme.

»Aber warum haben Sie es dann als Selbstmord deklariert? Und wer hat Lindahl erschossen?«, fragte Hiebler kleinlaut.

Ohne zu antworten, drehte sich Siebert zum Schreibtisch um. Er griff sich die zweite Akte und warf sie ebenfalls Hiebler vor die Füße.

Hiebler begab sich in den Schneidersitz und legte die Akte auf seinen Schoß. Er schlug den Deckel auf. In der Akte fand er drei Seiten Papier, mehr nicht. Hiebler kniff die Augen zusammen und versuchte zu lesen.

»Es ist mittlerweile zu dunkel«, sagte er. »Ohne Licht kann ich nichts entziffern.«

»Sie brauchen kein Licht. Es reicht, wenn Sie den Namen auf dem Aktendeckel lesen können«, sagte Siebert.

Hiebler schlug die Akte wieder zu und las in Großbuchstaben geschrieben: *SIEBERT, AGATHE.*

Er richtete den Blick von der Akte hoch auf Siebert, der weiter ins Leere starrte.

»Ihre Tochter?«, fragte er.

»So ist es«, antwortete Siebert. »War mir klar, dass Ihnen Deschel erzählt hat, dass sie sich umgebracht hat.«

Er sah jetzt wieder Hiebler an. Trotz der Dämmerung meinte Hiebler, Tränen in Sieberts Augen zu erkennen.

»Hat Ihnen Deschel auch gesagt, warum oder wie Agathe gestorben ist?«, fragte er.

»Er meinte, dass sie Ihr einziges Kind gewesen sei, da Ihre Frau bei der Geburt gestorben ist, und dass Ihre Tochter sich letztes Jahr selbst getötet hat – mehr nicht«, antwortete Hiebler.

»So kann man es zusammenfassen«, erwiderte Siebert. »Agathe ist im Oktober von der Mainbrücke gesprungen. Sie landete aber nicht im Fluss, sondern auf dem steinernen Fundament eines Brückenpfeilers. Fast jeder Knochen in ihrem Körper brach, der Schädel war komplett zertrümmert. Hätte sie nicht einen Abschiedsbrief bei sich getragen, wäre es schwierig gewesen, Agathe zu identifizieren.«

Siebert atmete tief durch und rieb sich mit Zeigefinger und Daumen der rechten Hand seinen Nasenrücken.

»Das ist im Übrigen auch das Einzige, was Sie in der Akte finden können: die Beschreibung des Leichenfunds und den zweiseitigen Abschiedsbrief von Agathe. Sie brauchen nicht zu lesen, ich kann Ihnen den Inhalt des Briefs wiedergeben – wenn Sie es wünschen sogar jedes einzelne Wort. Ich weiß nicht, wie oft ich den Brief schon gelesen habe.«

Siebert drehte sich erneut zum Schreibtisch um. Er griff sich die Lampe, zündete sie an und stellte sie zwischen sich und Hiebler auf den Boden.

Hiebler blickte von der Akte hoch auf Siebert. Im Schein der Lampe wirkten seine von unten ausgeleuchteten, groben Gesichtszüge bedrohlich.

»Was in dem Abschiedsbrief übrigens auch steht, ist, dass Agathe in der Hoffnung war. Etwa um die Jahreswende hätte sie ihr Kind zur Welt gebracht«, fuhr Siebert fort. »Es wäre ein uneheliches Kind geworden. Der Vater wollte Agathe nicht heiraten.«

»Und der Vater des Kindes wäre Lindahl gewesen?«, fragte Hiebler leise.

Siebert nickte.

»Agathe hat mir das alles berichtet. Sie müssen wissen, dass wir ein sehr enges Vater-Tochter-Verhältnis hatten. Nach dem Tod meiner Frau gab es ja sonst niemanden außer uns beiden. Zunächst hat Agathe versucht, mit Lindahl zu reden. Anschließend habe ich den Kontakt zu ihm gesucht. Ich wollte ihn bei seiner Ehre packen, aber dieser Mensch … dieses Individuum war zu keinem Gespräch bereit. Im Gegenteil, er schien es sogar zu genießen, Agathe leiden zu sehen. Hat sich lustig über sie gemacht, wie sie nur auf die Idee kommen würde, dass er eine länger dauernde Beziehung mit ihr eingehen, sie womöglich sogar heiraten wolle. Der Spott und der Hass Lindahls haben meine Tochter in den Tod getrieben, Hiebler. Lindahl war Agathes Mörder und der Mörder ihres ungeborenen Kindes!«

Siebert rieb sich nachdenklich die Bartstoppeln.

»Und Sie waren sein Richter?«, fragte Hiebler.

»Ja!«, antwortete Siebert, »sein Richter und sein Henker.«

Siebert atmete tief durch.

»Sie haben Jura studiert, Hiebler, ich nicht. Aber der Paragraf 211 des Reichsgesetzbuches ist auch mir bekannt.«

»Wer vorsätzlich einen Menschen tötet, wird, wenn er die Tötung mit Überlegung ausgeführt hat, wegen Mordes mit dem Tode bestraft«, zitierte Hiebler.

»So ist es«, erwiderte Siebert. »Und Lindahl hat definitiv mit Überlegung gehandelt, auch wenn er den Mord an Agathe und ihrem ungeborenen Kind nicht selbst begangen hat. Aus diesem Grund hätte ihn auch kein Gericht im ganzen Reich schuldig gesprochen. Ich fühlte mich daher gezwungen, selbst zu handeln.«

»… und erschossen ihn mit Deschels Revolver«, ergänzte Hiebler.

Siebert nickte. »Deschel, dieser Schussel, hat es gar nicht gemerkt, dass seine Waffe fehlte.«

»Und der Anschlag auf mich?«, fragte Hiebler und fasste sich unbewusst an den Kopf, dorthin, wo ihn das Pferd getreten hatte.

»Ich wollte Ihnen Angst machen in der Hoffnung, dass Sie aufgeben und wieder zurück nach München fahren.«

Hiebler atmete tief ein und aus. Er begab sich wieder in seine ursprüngliche Position, zog beide Knie zum Körper und lehnte sich mit dem Rücken an die Wand.

Lange starrte er auf Siebert.

»Und warum erzählen Sie mir das alles?«, fragte er schließlich.

»Weil Sie es früher oder später auch alleine herausgefunden hätten«, antwortete Siebert. Hiebler meinte, im Lichtschein der Lampe die Spur eines Lächelns auf seinem Gesicht zu erkennen. »Es wäre nur eine Frage der Zeit gewesen. Als Sie mir heute Mittag von Ihren Erkenntnissen zu Lindahls Frauengeschichten berichteten, war mir klar, dass Sie irgendwann auch die Spur zu Agathe finden. Ich sagte Ihnen ja bereits, dass Sie die lästige Eigenschaft der Beharrlichkeit haben. Also warum warten?«

»Und nun?«, fragte Hiebler.

»Werde ich Ihnen ein Angebot machen«, antwortete Siebert.

Er drehte sich zum Tisch um und griff nach seinem Revolver.

»Es gibt zwei Möglichkeiten: eine saubere und eine schmutzige Lösung«, begann er und legte den Revolver in seinen Schoß. »Am besten wäre es für alle Beteiligten, wenn wir die Dinge so belassen, wie sie bis zu Ihrer Ankunft auch waren: Sie fahren zurück nach München und melden Ihrem obersten Dienstherrn, dass sich Lindahl erschossen hat. Alles bleibt beim Alten. Kein Mensch wird jemals diesem schwedischen Schuft eine Träne nachweinen.«

»Und die zweite, die schmutzige Lösung?«, fragte Hiebler.

»Ich nehme diesen Revolver, halte ihn an Ihren Kopf und drücke ab – so wie ich es bei Lindahl gemacht habe.«

Hieblers Pupillen wurden weit, Puls und Atmung beschleunigten sich.

»Obwohl ich gestehen muss, dass es mir doch schwerfallen würde, Sie zu erschießen«, fuhr Siebert fort. »Jedenfalls schwerer, als es bei Lindahl war. Und dann müsste ich auch noch irgendwie Ihre Leiche beseitigen und das ganze Blut wegwischen. Wäre ein echtes Problem hier im Rathaus. Ich hoffe daher, dass Sie mich nicht dazu zwingen, diesen Schritt zu wählen.«

Hiebler starrte auf Siebert wie das Kaninchen auf die Schlange.

»Siebert, es gibt noch eine andere Möglichkeit. Geben Sie auf und stellen Sie sich«, sagte er schließlich heftig atmend. »Es gibt auch den Paragrafen 212. Wer vorsätzlich einen Menschen tötet, heißt es da, wird, wenn er die Tötung nicht mit Überlegung ausgeführt hat, wegen Totschlags mit Zuchthaus nicht unter fünf Jahren bestraft. Wir argumentieren, dass es eine Tat im Affekt war, nachdem Lindahl Sie aufs Übelste beleidigt hat. Denken Sie darüber nach.«

Siebert schüttelte langsam seinen Kopf. »Hören Sie auf zu feilschen, Hiebler! Wie soll das funktionieren? Der Tathergang wäre dann so, dass Lindahl und ich nebeneinander im Pissoir beim Urinieren stehen, er mich beleidigt und ich ihn dafür im Affekt mit Deschels Waffe erschieße? Lächerlich! Nein, Hiebler, Sie müssen sich jetzt entscheiden!«

Hiebler fuhr sich nervös durch die Haare und rieb sich das Kinn.

»Na gut, Siebert, Sie haben gewonnen«, erwiderte er schließlich zerknirscht. »Ich fahre morgen nach München zurück und berichte dem Herrn Minister, dass es ein Selbstmord war. Alles bleibt, wie es war, und Sie sind mich los.«

Siebert blickte Hiebler lange an.

»Wissen Sie was, Hiebler?«, flüsterte er schließlich, »ich traue Ihnen nicht. Sie fangen schon wieder an zu feilschen.«

»Nein!«, erwiderte Hiebler. Er bewegte sich unruhig hin und her und versuchte, dem Blick seines Gegenübers auszuweichen. »Sie lassen mich gehen, ich fahre nach München, und alles ist erledigt. Ich gebe Ihnen mein Wort.«

Siebert lehnte sich gelassen zurück.

»Für wie dumm halten Sie mich eigentlich?«, fragte er mit ruhiger Stimme. »Sie können mir viel erzählen. Ich bin schon lange genug in diesem Beruf. Ein Wort zählt gar nichts.«

Er drehte sich um und zeigte mit dem Kinn auf den freien Schreibtisch. »Nein, Hiebler! Sie setzen sich jetzt da hin und schreiben Ihren Bericht an den Minister. Wenn der Bericht meinen Wünschen entspricht, dürfen Sie ihn unterzeichnen und anschließend gehen. Somit ist die Wahrheit dokumentiert – eine andere Wahrheit, als Sie sie zu kennen meinen. Für die Sie jedoch keine Beweise haben. Und das Wenige, was man sich aus den Akten zusammenreimen kann, wird von mir vernichtet, noch bevor der Herr Minister Ihren Bericht auf dem Schreibtisch liegen haben wird.«

Hiebler schüttelte den Kopf.

»Ein Dokument fälschen? Bewusst die Unwahrheit dokumentieren? Das kann ich doch nicht machen! Wir haben einen Eid auf die Gesetze des Königreichs Bayern und des Deutschen Reichs geschworen. Wir beide, Sie und ich! Daran müssen wir uns doch halten«, sagte Hiebler flehentlich. »Wir sind beide Recht und Ordnung verpflichtet. Wir vertreten das Gesetz. Herr Siebert, ich bitte Sie, ich kann keinen falschen Bericht schreiben! Warum stellen Sie sich nicht?«

»Hören Sie auf!«, schrie Siebert plötzlich. »Entweder Sie setzen sich jetzt hier hin und schreiben den Bericht oder ich knall Sie ab! Treffen Sie eine Entscheidung! Jetzt!«

Er stand auf und richtete seinen Revolver auf Hieblers Stirn. Hiebler kauerte sich immer weiter zusammen. Ihm lief der Schweiß aus allen Poren.

»Siebert, … ich, … bitte …«, stammelte er keuchend.

»Sie wollen sterben, Hiebler! Sie sturer Idiot, Sie …«

Hiebler presste seine Augen zusammen.

Er wartete auf den für ihn tödlichen Schuss.

Plötzlich hörte er die Türklinke. Jemand öffnete die Tür des Oberwachtmeisterzimmers und betrat den Raum.

Das Geräusch der gedrückten Klinke veranlasste Siebert und Hiebler, zur Tür zu sehen.

Hiebler öffnete die Augen, Siebert drehte den Kopf zur Seite.

Das Licht war zu schwach, um die Person zu erkennen, lediglich eine Silhouette war im Türrahmen sichtbar.

»Chef, was machen Sie da?«, fragte die Person.

Siebert beugte sich weiter vor und versuchte, die Stimme einzuordnen.

»Deschel?«, fragte er schließlich. »Was zum Teufel …«

Jetzt erkannte Hiebler seine Chance.

Er nutzte den kurzen Moment der Unaufmerksamkeit. Mit aller Kraft, die in seinem rechten Arm steckte, schlug er gegen Sieberts rechte Hand.

»Ah!«, schrie Siebert und ließ mit schmerzverzerrtem Gesicht den Revolver aus der Hand auf den Boden fallen.

Rasch versuchte Hiebler, mit beiden Beinen die Waffe

möglichst weit von Siebert weg zu kicken. Er strampelte wie ein wütendes Kleinkind. Letztendlich erwischte er den Revolver, der auf dem Boden bis zur gegenüberliegenden Wand des Raumes schlitterte. Dabei traf er jedoch auch die zuvor von Siebert vor ihm abgestellte Petroleumlampe.

Das Glas der Lampe zerbarst. Petroleum lief aus. Innerhalb von Sekunden wurde aus einem kontrollierten Flämmchen eine wütend brennende Petroleumpfütze, die schlagartig den Raum erleuchtete.

Hiebler zog rasch seine Füße zurück. Sein rechtes Hosenbein fing bereits Feuer.

Siebert sprang zwei Schritte zur Seite.

Deschel blickte mit großen Augen auf das Geschehen und eilte Hiebler zu Hilfe.

»Sie sturer Idiot, Sie!«, rief Siebert Hiebler zu und stampfte in raumgreifenden Schritten an Deschel vorbei aus dem Raum. Kurz blickte Deschel seinem Chef hinterher, dann nahm er geistesgegenwärtig Hieblers Mantel, auf dem dieser zuvor gelegen hatte. Er breitete den Mantel aus und warf ihn auf die brennende Pfütze und Hieblers Hosenbein. Die lodernden Flammen waren rasch erstickt. Kleinere versprengte Feuerherde trat er mit den Stiefeln aus. Hiebler stand auf und half ihm dabei.

Nachdem sie das Feuer gelöscht hatten, war es stockfinster im Raum. Die Luft war stickig.

»Und nun?«, fragte Deschel.

»Wir müssen Siebert folgen, schnell!«, erwiderte Hiebler. Er griff sich Sieberts auf dem Boden liegenden Revolver, steckte ihn sich hinten in den Hosenbund und rannte zur Tür.

»Und warum?«, fragte Deschel weiter.

Hiebler blieb stehen und drehte sich um.

»Weil er ein Verbrecher ist, und weil du ein Gendarm bist! Jetzt komm endlich, Himmelherrgottsakrament!«

Es war das erste Mal, dass sich Hiebler selbst schreien, geschweige denn fluchen gehört hatte. In einem ruhigeren Moment hätte ihm dieser Kontrollverlust Sorgen gemacht.

Kapitel fünfzehn

Deschel und Hiebler eilten zunächst in Sieberts Zimmer. Nachdem sie ihn dort nicht auffanden, suchten sie im Treppenhaus nach ihm. Er musste das Haus bereits verlassen haben. Sie holten sich an der Rathauspforte eine Lampe und gingen nach draußen – mitten hinein in das abendliche Faschingstreiben.

Vom Rathaus führte sie der Weg über den vollen Marktplatz. Sie machten beide ihre Hälse lang und versuchten, über dem Meer aus Menschen Siebert zu erspähen. Da dieser wesentlich größer als der Durchschnitt war, musste er leicht zu entdecken sein. Nachdem sie jedoch nicht fündig wurden, gingen sie weiter über die Schustergasse zur Domstraße. Auch hier suchten sie in beiden Richtungen nach ihm. Nichts. Kein Siebert.

Hiebler dachte nach. Er hatte den ganzen Tag nichts gegessen und war Mitte Februar ohne Mantel unterwegs. Das Adrenalin in seinem Körper ließ ihn jedoch Kälte und Hunger vergessen.

»Wo wohnt Siebert?«, fragte er schließlich. »Oder anders gefragt: Wo ist er aufgewachsen, wo ist er zu Hause?«

»Siebert ist ein Mainviertler«, antwortete Deschel. »Das hat er zumindest immer stolz behauptet.«

»Dann lass uns dort hingehen«, schlug Hiebler vor.

»Jetzt? Georg, meinst du denn wirklich, dass wir ihn jetzt noch finden werden? Bei den vielen Menschen auf der Straße und dem wenigen Licht? Lass uns das doch besser morgen oder übermorgen machen. Vielleicht taucht er ja auch von alleine wieder auf.«

»Spinnst du?«, erwiderte Hiebler. »Er ist der Mörder Lindahls. Und mich hätte er auch fast auf dem Gewissen. Oder glaubst du, dass er mir die Revolvermündung zum Spaß an die Stirn gehalten hat?«

»Siebert hat Lindahl erschossen?«, fragte Deschel verblüfft.

»Ja, und zwar mit deiner Waffe. Wie und warum kann ich dir später erzählen. Wir dürfen ihn daher auf keinen Fall entkommen lassen. Also, wo ist das Mainviertel?«

»Die Brücke rüber auf der anderen Mainseite«, antwortete Deschel frustriert.

Hiebler sprintete voran. »Platz da! Zur Seite!«, schrie er zum Unmut der feiernden Menge. Deschel eilte ihm hinterher. Für viele der Anwesenden sah es aus, als ob der Gendarm Deschel einen Verbrecher jagen würde.

Auf der anderen Mainseite, auf der Burkarderstraße, war es ruhig, nahezu menschenleer.

Sie blieben stehen und atmeten kurz durch.

»So, hier sind wir«, sagte Deschel schwer schnaufend. »Das ist das Mainviertel.«

»Nach links oder nach rechts?«, fragte Hiebler. Er erinnerte sich, dass er hier erst am späten Vormittag gewesen war, als er den Weg nach rechts zur Marienfestung hochmarschiert war.

»Woher soll ich das wissen?«, antwortete Deschel.

Die Straße lief gerade, wie mit einem Lineal gezogen. Links, den Main aufwärts, sah Hiebler in der Ferne einen Schatten etwa auf Höhe der Kirche von der Straße nach rechts verschwinden.

»Hast du das gesehen?«, fragte er Deschel.

Deschel schüttelte den Kopf.

»Egal!«, sagte Hiebler. »Wir gehen nach links weiter.«

In etwas langsamerem Tempo kamen sie nach etwa 500 Metern bei Sankt Burkard an. Vor der Kirche ging es in einen kleinen Hof.

»Ich bin mir ziemlich sicher, dass ich ihn hier habe verschwinden sehen«, sagte Hiebler.

»Vielleicht ist er ja in die Kirche gegangen, um Trost zu finden«, meinte Deschel.

Hiebler überlegte kurz, dann nickte er.

»Komm mit!«, rief er und betrat über einen Seiteneingang das altertümliche Gebäude.

Sie betraten die stockfinstere Kirche. Die Lampe, die Hiebler bei sich trug, half ihnen gerade mal, die nächsten zwei Meter zu erleuchten. Sie gingen bis in das Mittelschiff. Dann blieben sie stehen und horchten. Sie hörten nichts außer ihrem eigenen Atmen und dem leisen Summen der Flamme ihrer Lampe.

»Siebert, kommen Sie raus!«, rief plötzlich Hiebler und hob die Lampe hoch. Beide waren überrascht, wie laut die Stimme in dem Kirchenbau hallte.

Sie warteten auf einen Ton oder eine Reaktion. Nichts geschah.

»Siebert, stellen Sie sich, das Spiel ist aus!«, rief Hiebler.

Erneut warteten sie auf eine Antwort.

»Lass gut sein, Georg«, flüsterte Deschel. »Wenn da jemand wäre, hätten wir ihn gesehen oder zumindest atmen gehört. Kein Mensch kann so lange die Luft anhalten. Komm mit, ich glaube, ich weiß jetzt, wo er sein könnte.«

Sie verließen die Kirche. Deschel ging vor. Sie gingen durch den als kleinen Garten angelegten Hinterhof der Kirche. Am Ende des Hofs ging es vier Stufen hoch, bis sie auf einen kleinen Pfad kamen.

»Links oder rechts?«, fragte Hiebler.

»Links«, antwortete Deschel. »Ich glaube, ich weiß, wohin der Weg führt.«

Deschel ging voran. Nach einer Spitzkehre führte der Pfad entlang einer Mauer, bis er schließlich wieder im Nichts zu enden schien. »Leuchte mal die Wand aus«, sagte er zu Hiebler. »Irgendwo muss hier eine Tür sein.« Systematisch leuchtete Hiebler das alte Mauerwerk ab. Am Ende der Mauer fanden sie schließlich einen Torbogen mit einer schweren hölzernen Tür. Der Torbogen war von dichtem Gestrüpp überwuchert. Jetzt, im Winter, war die Tür gerade noch sichtbar. Zu jeder anderen Jahreszeit wäre der Weg wahrscheinlich auch bei Tageslicht nur für Ortskundige zu entdecken gewesen.

»Sieht verschlossen aus«, meinte Hiebler.

»Da wäre ich mir nicht so sicher«, sagte Deschel und betätigte die gusseiserne Klinke. Mit einem Quietschen öffnete sich die Tür.

»Wusste ich es doch«, sagte Deschel triumphierend und ging vor.

Sie kamen in ein feuchtkaltes Verlies. Von der Decke tropfte Wasser herab. Es roch modrig. Nach rechts schien der Raum nach zwei Metern zu Ende zu sein. Etwa zehn Meter weiter nach links sahen sie Mondlicht durchschimmern.

»Wo sind wir hier?«, fragte Hiebler.

»Das sind die wohl ältesten Mauerteile der Stadt«, antwortete Deschel. »Und eine Abkürzung zur Marienfestung. Sozusagen der inoffizielle Weg nach oben. Das ist ein alter Weg, der während der Belagerungen der Festung durch die napoleonischen Truppen genutzt wurde. Siebert ist hier aufgewachsen. Für die Mainviertler ist dieser Zugang kein Geheimnis. Siebert kennt den Weg wahrscheinlich schon, seit er ein Kind ist. Und ich denke, dass er in die Festung gegangen ist.«

»Woher weißt du das?«, fragte Hiebler.

»Wir haben gelegentlich unsere Besprechungen im Kasernentrakt der Festung. Einmal waren wir beide recht spät dran. Da hat mich Siebert mitgenommen und mir diese Abkürzung gezeigt.«

»Und wie kommst du darauf, dass Siebert zur Festung wollte?«, fragte Hiebler weiter.

»Als seine Tochter gestorben ist, hat der Johann ihn auch dort oben gefunden, nachdem er nicht ins Amt gekommen und auch nicht bei sich zu Hause aufzufinden war. Siebert scheint dort immer dann zu sein, wenn er nachdenklich ist oder nach einer Lösung sucht.«

»Johann?«, fragte Hiebler.

»Johann, mein Oberwachtmeisterkollege – der mit der Gallenblase. Habe ich dir doch erzählt. Johann ist auch aus dem Mainviertel und mit Siebert aufgewachsen.«

Hiebler nickte. »Na gut, dann lass uns weitergehen.«

Ihr Weg führte die beiden durch das Verlies, bis sie wieder im Freien waren und auf einen engen Pfad kamen. Steile Treppenstufen führten nach oben. Nach einer etwas flacheren Strecke lag in einer Biegung des Wegs eine nahezu vollständig mit Gestrüpp überwucherte Mauer. In der Mauer war eine kaum sichtbare Vertiefung – eine Spalte im Mauerwerk oder eine Einkerbung.

»Hier geht es, glaube ich, weiter«, flüsterte Deschel. »Heb bitte mal die Lampe hoch, damit ich was sehen kann.«

Sie sahen im Lichtschein Gitterstäbe vor dem Spalt. Hinter dem Gitter war ein schmaler Weg zu erahnen, der in das Innere der Festung zu führen schien. Deschel rüttelte an dem Gitter und suchte ein Schloss. Die stählernen Streben waren mit Zement fest im Stein verankert.

»Das ist neu«, sagte er. »War beim letzten Mal vor einigen Jahren noch nicht da. Auf jeden Fall ist dieser Weg versperrt.«

»Und nun?«, fragte Hiebler.

»Weiter hochgehen, durch die Weinberge. So, wie das aussieht, wird Siebert auch nicht durchgekommen sein, also gehen wir den gleichen Weg wie er.«

Sie folgten dem Pfad weiter. Nach einer Spitzkehre führte der Weg nun direkt entlang der etwa 20 Meter in die Höhe ragenden Festungsmauer. Auf der linken Seite standen in Reihe und Glied, auf steilem Hang wachsend, die Rebstöcke. Schwer atmend kämpften sie sich zwischen Wand und Wein nach oben.

»Wenn Sie mich suchen, ich bin hier«, hörten die beiden plötzlich eine Stimme rechts neben ihnen. Abrupt blieben sie stehen. Hiebler hob die Lampe hoch, um die Quelle der Stimme auszuloten.

In einer Nische neben dem Weg auf einer aus Mauersteinen errichteten Bank saß Siebert.

»Ich habe euch schon den ganzen Weg hier hoch marschieren gesehen – mit der Petroleumlampe seid ihr auch für jedermann gut sichtbar. Wenn das eine Verbrecherjagd gewesen sein soll, dann ist sie euch beiden ziemlich misslungen.«

»Siebert, ich … Sie … wir …«, begann Hiebler.

»Hören Sie auf zu stammeln und setzen Sie sich zu mir«, unterbrach ihn Siebert mit seinem weichen Bass.

Hiebler zog den Revolver aus dem Hosenbund und richtete die Mündung auf Siebert.

»Herr Siebert, Kommandant der Würzburger Gendarmerie, ich verhafte Sie hiermit im Namen Seiner Majestät, des Prinzregenten Luitpold von Bayern!«, sagte er entschlossen.

Siebert bewegte sich keinen Millimeter. Amüsiert blickte er zunächst auf die Waffe und dann auf Hiebler.

»Wo haben Sie denn den Revolver her?«, fragte er gelassen. »Werden jetzt die Assessoren im Ministerium auch schon mit Waffen ausgestattet?«

»Nein«, erwiderte Hiebler. »Das ist Ihr Revolver.«

Siebert hob den Kopf und seufzte.

»Richtig! Das hat vorhin wohl nicht so geklappt, wie ich es mir vorgestellt hatte.«

Er presste die Lippen zusammen und schüttelte nachdenklich den Kopf.

»Aber was soll's«, sagte er schließlich. »Ist jetzt wohl auch schon egal. Und jetzt legen Sie das Ding weg, Hiebler. Sie verletzen sich sonst.«

»Herr Siebert, wie ich bereits erwähnte, sind Sie verhaftet«, erwiderte Hiebler stur.

»Sie können mich mal. Ich lass mich doch von Ihnen nicht verhaften. Dann erschießen Sie mich lieber«, sagte Siebert gelassen.

Hiebler blickte zweifelnd auf Siebert. Die Waffe wurde immer schwerer in seiner Hand. Er benötigte jetzt beide Hände, um den Revolver weiterhin auf Siebert gerichtet zu halten.

Siebert schien dies zu bemerken.

»Nun lassen Sie es doch endlich gut sein«, sagte er. »Stecken Sie das Ding weg und setzen Sie sich zu mir.«

Hiebler zögerte.

»Deschel, wenigstens Sie!«, sagte Siebert an den Oberwachtmeister gerichtet.

Deschel nickte und setzte sich zu Siebert auf die Bank.

»Nun komm schon, Georg«, forderte Deschel Hiebler auf. Dieser zögerte etwas, bis er schließlich den Revolver erleichtert wegsteckte und sich neben Deschel und Siebert niederließ.

»Na also, geht doch!«, sagte Siebert und blickte den Hang hinab. »Schön hier, oder? Sie müssen wissen, dass das hier einer der besten Plätze über der Stadt ist. Ich weiß nicht, wie oft ich hier schon gesessen bin, aber es ist jedes Mal wieder ein Erlebnis.«

Er zeigte mit der linken Hand vom Würzburger Stein am nördlichen Ende der Stadt ausgehend über die gesamte Altstadt.

»Mein Würzburg, Hiebler, schauen Sie es sich an, bewundern Sie es. Ich könnte mir nicht vorstellen, in einer anderen Stadt zu leben. Diese Stadt hat mir viel gegeben, und ich habe ihr 25 Jahre gedient – mit Freude gedient. Hinter mir die Festung und vor mir der Weinberg. In der Festung war ich schon als junger Rekrut eingerückt, als die Bayern 1866 gegen die Preußen kämpften. Das Deutsche Reich gab es noch nicht, und wir waren Feinde. Wie schnell sich doch die Dinge ändern können. Viel ist passiert seitdem. Jetzt sind wir alle Staatsdiener in einem Reich. Und dort unten, der Weinberg …«, er wies mit dem Kinn den vor ihnen liegenden steilen Hang hinunter, »hier ist mein Vater bei der Weinlese 1861 gestorben. Abgestürzt und tot unten angekommen. War übrigens nicht der Einzige, dem so etwas passiert ist.«

»Siebert, ich …«, begann Hiebler erneut.

»Halten Sie den Mund, Hiebler«, unterbrach ihn Siebert gelassen. »Lassen Sie mich doch einfach weiterreden. Wenn ich fertig bin, dürfen Sie sprechen.«

»Na gut«, erwiderte Hiebler leise.

»Sie sollten hier mal während der Weinlese sein. Manche Erntehelfer seilen sich sogar an, um nicht abzustürzen. Wie die Bergsteiger bei Ihnen in Oberbayern.«

»In München gibt es keine Berge. Außer dem Isartal ist es dort flach wie ein Brett. Berge gibt es erst an der Grenze zu Österreich«, korrigierte Hiebler ihn rechthaberisch.

Siebert schüttelte den Kopf. »Sie sind ein elendiger Besserwisser, Hiebler«, grinste er.

Siebert sah jetzt zu Deschel.

»Deschel, wo sind Sie noch mal zu Hause?«, fragte er.

»In der Pleich, Chef, wissen Sie doch«, antwortete dieser.

Siebert nickte lächelnd.

»Sie sollten am Sonntag mal die Messe in Sankt Burkard besuchen, Deschel. Morgen vielleicht!«

Er zeigte jetzt auf die alte, relativ bescheiden erscheinende Kirche, in der Hiebler und Deschel zuvor nach ihm gesucht hatten.

»Nach der kleinen Kapelle dort oben in der Festung ist Sankt Burkhard die wohl älteste Kirche der Stadt«, fuhr Siebert fort. »Meine Heimatgemeinde. Dort wurde ich getauft, feierte meine Erstkommunion und Firmung und war jahrelang Ministrant. In Sankt Burkard habe ich meiner verstorbenen Angehörigen gedacht, wurde dort getraut und habe Agathe taufen lassen. Alle schönen und traurigen Erlebnisse meines Lebens haben mit der Kirche dort unten, zwischen Main und Weinberg, zu tun. Am liebsten würde ich in der Burkarder Kirche sterben.«

Siebert atmete einige Male tief durch, dann erhob er sich schwerfällig.

»Siebert, ich wollte Ihnen sagen, dass Sie sich stellen können. Es muss nicht Mord gewesen sein«, sagte Hiebler und stand ebenfalls auf. »Ich verhafte Sie wegen Totschlags, und alles wird sich regeln. Nun kommen Sie doch bitte mit!«

Der Chef der Würzburger Gendarmerie ignorierte Hiebler und drehte sich zu Deschel. »Wenn jemand fragt, Deschel, dann bin ich gestürzt oder gestolpert. Es war ein Unfall. Ich möchte ein christliches Begräbnis haben und in geweihter Erde begraben sein. Nicht wie Agathe einfach verscharrt werden. Haben Sie mich verstanden?«, fragte er eindringlich.

»Ja … äh … ich … sicher, Chef, Sie sind gestürzt. So war es«, bestätigte Deschel leise.

»Und nun zu Ihnen, Herr Assessor«, sagte er an Hiebler gewandt. »Wie heißt es in Paragraf 211? Wer vorsätzlich einen Menschen ermordet, wird mit dem Tod bestraft. Stimmt das?«

Hiebler nickte. »Ja, das stimmt, aber …«

»Nichts aber, Hiebler«, unterbrach ihn Siebert. »Wissen Sie was? Ich bevorzuge es, mein eigener Henker zu sein!«

Dann ging er zwei Schritte nach vorne.

Er drehte sich zu Hiebler um.

»Und Sie, Hiebler, Sie sind ein sturer Bock – stur und lästig. Es hätte auch alles anders ausgehen können!«, sagte er mit einem Lächeln.

Er blickte nach unten und bekreuzigte sich.

Dann lief Siebert los – den steilen Weinberg hinunter. Nach etwa zehn Schritten verlor er das Gleichgewicht und überschlug sich. Wie eine Steinlawine rollte er hinab, immer schneller werdend. Zwischenzeitlich hörte man öfter ein lautes Knacken. Es war unklar, ob das Geräusch durch abknickende Rebstöcke oder durch brechende Knochen hervorgerufen wurde. Vielleicht war es auch eine Mischung aus beidem. Am Ende des Berges katapultierte es Sieberts wahrscheinlich schon leblosen Körper in einem großen Bogen an die Rückwand der Burkarder Kirche. Von der Wand fiel er hinunter auf den Boden im Hinterhof der Kirche. Dort blieb er liegen.

So schnell es beiden möglich war, liefen Hiebler und Deschel den Weg hinab. Sie sprinteten am Geheimeingang vorbei, stapften durch das dunkle Verlies und die hölzerne Tür, bis sie vor Sieberts Leiche im dunklen Kirchenhof standen. Sie dachten beide nicht eine Sekunde daran, nach Lebenszeichen zu suchen. Der massige Körper des Chefs der Würzburger Gendarmerie war grotesk deformiert.

»Du gibst in der Wache Bescheid. Ich bleibe hier. Wir sehen uns morgen früh in meinem Zimmer im Rathaus«, sagte schließlich Deschel in knappen und für ihn ungewöhnlich eindeutigen Worten.

Hiebler blickte bestürzt auf Sieberts leblosen und zertrümmerten Körper. Er war sprachlos.

»Na los, Georg, geh!«, mahnte Deschel.

Hiebler nickte und rannte in Richtung Innenstadt.

An einem Brunnen vor der Brücke wusch er sich und trank gierig Wasser.

Den ersten Gendarmen fand er auf dem Marktplatz. Randalierende Betrunkene mussten in ihre Schranken gewiesen werden.

Hiebler berichtete ihm, was geschehen war, dann ging er ins Rathaus.

In Deschels Zimmer roch es erbärmlich nach verbranntem Stoff. Sein Mantel war angesengt und nicht mehr zu gebrauchen. Die beiden Akten, die Siebert ihm zuvor vor die Füße geworfen hatte, waren ebenfalls verbrannt.

Langsam sank der Adrenalinpegel in Hieblers Körper. Jetzt wurde ihm kalt.

Er legte Sieberts Revolver auf den Schreibtisch, holte Kleidung aus seiner Reisetasche und zog diese über das schmutzige Hemd, welches er anbehielt. Dann öffnete er die Fenster, schloss die Tür und legte sich im Flur vor dem Oberwachtmeisterzimmer zum Schlafen hin.

Ihm war kalt, der Boden war hart, und er schlief unruhig.

Noch lange hallten Sieberts letzte Worte in seinem Kopf: *Sie sind ein sturer Bock – stur und lästig. Es hätte auch alles anders ausgehen können!*

Kapitel sechzehn

Hiebler wachte früh am nächsten Morgen auf. Er roch schlecht und fühlte sich ungewaschen. Jeder Knochen schmerzte. Er wünschte sich nichts sehnlicher als ein reichhaltiges Frühstück, eine Badewanne und ein Bett.

Er tastete sich im Dunkeln zur Toilette, spritzte sich etwas Wasser ins Gesicht und ging wieder zu seinem Schlafplatz zurück. Dort setzte er sich auf den Boden, kramte in der Reisetasche und zählte das noch vorhandene Geld in der Börse. Viel hatte er bisher nicht ausgegeben. Anschließend lehnte er sich an die Wand, legte den Kopf zurück und überlegte. Immer wieder erschienen die Bilder des gestrigen Tages und Abends vor seinen inneren Augen. Langsam schüttelte er den Kopf. War das wirklich alles notwendig gewesen? Musste das sein?

Während er so saß und nachdachte, hörte er plötzlich Schritte einer Person in Stiefeln, die langsam die Treppe hochging. Gemächlich drehte er den Kopf zur Seite. Er sah einen uniformierten Gendarmen mit einer Lampe in der Hand. Es war Deschel.

»Na, Georg, hast du mich schon vermisst?«, fragte Deschel und hob die Lampe vor sein Gesicht. »Empfängst du mich jetzt im Flur statt im Zimmer?«

»Da drinnen stinkt es nach Rauch«, antwortete Hiebler. »Mir war es lieber, hier im Flur zu schlafen. War aber auch nicht viel besser.«

»Sei froh, dass du überhaupt schlafen konntest«, erwiderte Deschel und öffnete die Tür zum Oberwachtmeisterzimmer.

Er trat ein und stellte die Lampe auf seinen Schreibtisch.

»Na, so schlimm stinkt es doch gar nicht«, sagte er und zog die Nase kraus. »Ist eher kalt hier drinnen – kalt und schmutzig.« Er schob die Reste verbrannten Papiers sowie die zerborstene Petroleumlampe mit den Stiefeln zu Seite.

Draußen begann es langsam zu dämmern. Die ersten Sonnenstrahlen erhellten den Raum.

Deschel rückte den zweiten Stuhl an seinen Schreibtisch, holte aus der Tasche der Uniformjacke einen halben Laib Brot und legte ihn mit einem Taschenmesser auf den Tisch.

»Na komm, Georg«, sagte er und winkte Hiebler zu sich. »Ich habe Frühstück mitgebracht.«

Hiebler folgte der Aufforderung und setzte sich an den Tisch.

Schweigend kaute jeder der beiden etwas Brot.

»Du warst die ganze Nacht auf?«, fragte Hiebler.

Deschel nickte. »Es gab noch einiges zu klären und zu organisieren«, antwortete er mit vollem Mund.

Hiebler biss vom Brot ab und kaute genüsslich darauf rum. Es war die erste Mahlzeit seit Freitagabend, als er mit Rosa in der Weinstube gewesen war.

Schließlich fröstelte ihn. Er stand auf und schloss die Fenster.

»Wenn dir kalt ist, kannst du dir Johanns Uniformjacke aus dem Schrank holen«, sagte Deschel und wies mit seinem Kinn in Richtung eines Kleiderspinds. »Dein alter Mantel taugt wohl nicht mehr.«

Hiebler nickte, ging zum Spind und holte die Jacke der grünen Gendarmenuniform aus dem Schrank. Das Jackett war ihm sicher zwei Nummern zu groß. Es erfüllte jedoch vollständig seinen Zweck und wärmte Hieblers fröstelnden Körper.

»Danke«, sagte er und knöpfte das Jackett zu.

»Bedank dich beim Johann, sollte das in Zukunft möglich sein«, erwiderte Deschel.

»Abgesehen von der Jacke – wie soll es jetzt eigentlich weitergehen?«, fragte er schließlich.

»Der Fall ist gelöst, Friedhelm. Nach unserem Frühstück werde ich mich rasieren, meine Sachen packen und nach München zurückkehren«, antwortete Hiebler.

Deschel nickte, weiter kauend. »Klar, was sonst«, murmelte er. »Du hast deinen Auftrag erfüllt. Hast einen Mord aufgedeckt, den Täter überführt, und wir Würzburger stehen als Provinzidioten dar. Gratuliere zu deinem Erfolg.«

Hiebler schüttelte den Kopf. »Friedhelm, das stimmt doch gar nicht«, erwiderte er.

»Na gut, wenn du das sagst«, meinte Deschel zynisch. »Vielleicht solltest du aber nochmal über das nachdenken, was Siebert gesagt hat, bevor er sich den Berg hinunterstürzte.«

Sie blickten beide ins Leere und kauten.

»So!«, sagte schließlich Deschel und stand auf. »Ich geh dann mal!«

»Wohin?«, fragte Hiebler.

»Na, heim ins Bett. Mir reicht es!«, antwortete Deschel und ging zur Tür. »Die Jacke kannst du vorerst behalten. Sollst ja nicht frieren«, fügte er an, als er schon fast im Flur war.

Hiebler stutzte kurz.

»Danke, Friedhelm!«, rief er schließlich Deschel hinterher. »Vielen Dank für alles! Mach es gut!«

Vom Flur hörte Hiebler noch ein kurzes Grummeln als Antwort. Dann war Deschel weg.

Hiebler blieb noch eine Weile sitzen und aß sein Brot auf. Danach warf er einen Blick auf seine Taschenuhr. Nachdenklich fuhr er sich mit dem Handrücken über das unrasierte Kinn. In zwei Stunden würde ein Zug nach München gehen. Entgegen seinen sonstigen Gewohnheiten beschloss er, auf Rasur und Pflege des Bart- und Haupthaares zu verzichten, nahm seine Tasche und verließ den Raum.

Draußen auf dem Marktplatz hatten sich bunt geschmückte Kutschen für den alljährlichen Faschingsumzug in Stellung gebracht. Vor die Kutschen waren schwere Kaltblüter oder Ochsen angespannt, welche ebenfalls bunt geschmückt waren. Überall tummelten sich Spielmannszüge und Gruppen von Vereinen der

Stadt. Einige trugen Fahnen mit reich verzierten Wappen darauf. Manche sprachen einen Hiebler unbekannten Dialekt. Die Uniformen der Gruppen waren bunt und die Stimmung ausgelassen. Die Straßen der Innenstadt waren mittlerweile durch Gendarmen abgesperrt. Links und rechts der Absperrungen sammelten sich mehr und mehr verkleidete Menschen jeglichen Alters und Geschlechts.

Mit der viel zu großen Uniformjacke eines Gendarmen aber ohne passende Hose, Stiefel und Pickelhaube, schien Hiebler nicht weiter aufzufallen. Er war ein Verkleideter unter vielen – eben als Gendarm. Genervt kämpfte sich Hiebler an den Wartenden vorbei durch die Hofstraße in Richtung Residenz.

Am Residenzplatz warteten noch mehr Menschen auf den Faschingszug. Es war für die bessere Gesellschaft sogar eine kleine Tribüne errichtet worden, damit diese das Spektakel im Sitzen beobachten konnte. Auf einem der besten Plätze der Tribüne sitzend, erkannte Hiebler die Gräfin von Wachtmeister, umgeben von sich angeregt miteinander unterhaltenden, zum Teil fremdländisch aussehenden Männern. Die Theosophische Gesellschaft gönnt sich etwas Abwechslung vom anstrengenden Kongressprogramm, dachte Hiebler und versuchte, in weitem Bogen unerkannt an der Gräfin und ihrem Gefolge vorbeizugehen. Vielfältige Gedanken gingen ihm durch den Kopf: verrückt das Ganze. Gebildete und gutbürgerliche Herrschaften lassen sich etwas vorgaukeln und treffen sich anschließend zu wissenschaftlichen Abhandlungen über übernatürliche Ereignisse. Was sagte Siebert zu mir? Die Wahrheit ist komplex. Es gibt viele Wahrheiten, je nachdem, wie man die Dinge betrachtet. Da hat er wohl recht gehabt!

Plötzlich begann eine Blaskapelle hinter Hiebler zu dröhnen und kündigte das baldige Erscheinen des Faschingsumzugs an. Die Menschen drängten jetzt nach vorne an den Straßenrand.

Hiebler eilte dem Zug voraus. Er kämpfte sich, so gut es ging, durch die vielen Menschen die Theaterstraße entlang in Richtung Bahnhof.

Ein paar Jugendliche stellten sich ihm in den Weg und riefen gefolgt von Glucksen und Kichern: »Vorsicht, da kommt der Wachtmeister – schnell abhauen! Ui ja, spielen wir Räuber und Gendarm!«

Andere kleinere Kinder zogen belustigt an den viel zu langen Ärmeln seiner Jacke.

»Georg, da bist du ja! Ich wusste, dass du kommen würdest«, rief plötzlich jemand hinter seinem Rücken und tippte ihm auf die Schulter.

Erschrocken drehte sich Hiebler um und sah Rosa vor sich stehen. Sie hatte ihre Haare zu mehreren Zöpfen geflochten und trug ein buntes Kleid. Ihre Lippen waren knallrot, zudem hatte sie sich noch zwei rote Kreise auf die Wangen gemalt. Auf dem Arm trug sie den kleinen Erich, der mit einer Mischung aus Angst und Interesse das Treiben um sich herum beobachtete.

»Guten Morgen, Rosa!«, begrüßte Hiebler sie. Er ließ seinen Blick von ihrem lächelnden Gesicht über ihre ganze Gestalt wandern. Sie gefiel ihm. Er musste sofort an die Erlebnisse der gemeinsamen Nacht denken.

Rosa musterte ihn ebenfalls und bewunderte die Gendarmenjacke.

»Du bist sogar verkleidet«, kicherte sie, »als Gendarm. Nur solltest du besser keinen Hut tragen. Entweder Pickelhaube oder lieber gar nichts auf dem Kopf.«

Hiebler nahm verlegen den Hut ab und stopfte ihn in seine Reisetasche.

»Gut so! Aber das geht noch besser«, sagte Rosa. »Halte mal bitte Erich!«

Sie reichte ihm den kleinen Jungen. Unbeholfen und überrascht nahm er das Kind entgegen. Er war überfordert und wusste nicht, wie er den Kleinen am besten halten sollte.

»Rosa … ich … wie …«, stammelte er.

»Einfach halten«, beruhigte sie ihm. »Ist doch nicht so schwer.«

Dann holte sie aus ihrer kleinen Handtasche ein Döschen heraus und schraubte es auf. In der Dose war rote Schminke. Sie griff mit Zeige- und Mittelfinger hinein und malte Hiebler zwei große rote Kreise links und rechts auf die Wangen und anschließend einen kleineren Kreis auf die Nasenspitze.

Hiebler ließ das missmutig über sich ergehen.

»So, jetzt sieht das besser aus!«, sagte sie und kicherte erneut.

»Rosa, bitte, das Kind!«, erwiderte Hiebler und hielt ihr Erich wie einen Fremdkörper, an dem man sich nur schmutzig machen kann, mit ausgestreckten Armen hin.

Rosa nahm ihren Sohn wieder in den Arm.

»Schade, hat dir gut gestanden, der kleine Mann«, sagte sie lächelnd.

Die Musik der Blaskapelle wurde nun lauter. In der Ferne, die Straße hinauf, sah man bereits den ersten Festwagen, der von insgesamt sechs Rössern gezogen wurde. Links und rechts der Straße wurde es immer enger durch die erwartungsfrohen Zuschauer, die alle eine gute Sichtposition haben wollten.

Rosa drängte sich dicht an Hiebler.

»Gleich sind sie da! Schau, Georg, da vorn sieht man schon die ersten Kutschen«, rief Rosa aufgeregt.

Hiebler kramte seine Taschenuhr aus der Tasche und blickte demonstrativ auf das Ziffernblatt. »Ich muss jetzt weiter«, flüsterte er Rosa ins Ohr. Die reagierte nicht. Der Lärm um sie herum nahm immer mehr zu. Erich schien das alles nicht zu stören. Er spielte zufrieden mit den geflochtenen Zöpfen seiner Mutter.

»Rosa!«, rief Hiebler erneut, dieses Mal lauter.

Rosa blickte ihn erschrocken an.

»Ich muss jetzt gehen, mein Zug wartet nicht.«

»Wie? Jetzt gehen? Welcher Zug?«, fragte Rosa.

»Mein Zug nach München!«, antwortete Hiebler.

»Nach München? Jetzt?«, fragte Rosa weiter. Ihr reizendes Lächeln von zuvor war nun wie weggewischt.

»Ja … ich … tut mir leid!«, antwortete Hiebler. Er blickte ihr mit einer Mischung aus Unsicherheit und Schuldbewusstsein in die Augen und legte kurz seine Hand auf Rosas Schulter. »Tut mir leid! Aber ich muss gehen«, sagte er ein weiteres Mal, für Rosa schon nicht mehr hörbar.

Er drehte sich von ihr weg, kämpfte sich durch die wartenden Menschen und ging zum Bahnhof.

Rosa blickte Hiebler mit offenem Mund hinterher. Gleichzeitig zogen der erste Festwagen und die Blaskapelle unter lautem Jubel vorbei.

Hiebler kaufte sich am Bahnhof ein Ticket Zweiter Klasse nach München. Am Schalter wurde er milde belächelt. Hiebler fragte sich zunächst, warum, bis ihm klar wurde, dass er noch verkleidet war: eine grotesk große Gendarmenuniform, rote Backen und eine rote Nase. Bis zur Abfahrt des Zuges hatte er noch 30 Minuten. Er trank ein Bier und aß zwei belegte Brote.

Am Bahnsteig warf er einen letzten Blick auf die Weinberge hinter den Gleisen. Es war das gleiche Bild wie vor zwei Wochen bei seiner Ankunft in Würzburg: kahle Weinstöcke in akkurat angelegten Reihen mit etwa ein bis zwei Metern Abstand. Kurz wünschte er sich, dass die Zeit zurückgedreht und er nicht abfahren würde, sondern gerade angekommen wäre. Er könnte alles noch mal neu angehen – so vieles besser machen.

Schließlich stieg er in dem Zug ein. Die verwunderten Blicke der Mitreisenden auf den maskierten Gendarmen mit den roten Wangen waren ihm egal. Manche rümpften die Nase. Hiebler roch nach einer Mischung aus Bier, Rauch und altem Schweiß. Auch das störte ihn nicht. Er starrte aus dem Fenster, döste vor sich hin und dachte nach.

Bis er am späten Abend in seiner Heimatstadt München ankam.

Kapitel siebzehn

DEN ROSENMONTAG, DEN Tag nach seiner Ankunft in München, verbrachte Hiebler mit Schlafen, Essen und der Pflege seines müden und etwas heruntergekommenen Körpers.

Für den Faschingsdienstag nahm er sich vor, seinen Bericht an den Minister zu verfassen. Er schrieb zunächst alles auf, was er recherchiert, erfahren und erlebt hatte. Jedes Detail wurde dokumentiert. Am Ende hatte er sieben Seiten zu Papier gebracht. Hieblers Schlussfolgerung war, dass Lindahl vom Leiter der Würzburger Gendarmerie vorsätzlich und mit Arglist erschossen wurde, da dieser sich aufgrund des Suizids seiner Tochter an ihm rächen wollte.

Nachdem er mit dem Schreiben des Berichts fertig war, drangen bereits laute Geräusche des Münchner Faschingstreibens hoch in seine Wohnung in der Luisenstraße. Er musste jetzt wieder an das letzte Wochenende in Würzburg denken. Um einen klaren Kopf zu bekommen, verließ er die Wohnung und ging in der Münchner Innenstadt spazieren. Er nutzte die Gelegenheit, um bei einem Herrenausstatter in der Kaufingerstraße einen neuen Mantel zu kaufen.

Als Hiebler wieder zu Hause war, las er seinen Bericht erneut durch. Er dachte eine Weile nach, dann zerriss er einzeln jedes Blatt, holte sich ein neues leeres Blatt Papier aus der Schublade, schraubte seinen Füllfederhalter auf und schrieb alles neu.

Waren es zuvor sieben Seiten, war es jetzt nicht viel mehr als eine halbe Seite. Anschließend las er alles noch mal durch. Mit einem Lächeln auf den Lippen faltete er seinen Bericht zusammen, steckte ihn in ein Kuvert und schrieb als Empfänger den Herrn Minister Freiherr von Feilitzsch auf die Vorderseite des Umschlags.

Am Aschermittwoch, dem 15. Februar 1888, wachte Hiebler nach einer langen und erholsamen Nacht in den frühen Morgenstunden auf. Er kochte sich einen Tee und aß ein mit Marmelade bestrichenes Hörnchen, welches er sich am Tag zuvor in der Bäckerei um die Ecke gekauft hatte.

Er erledigte seine Morgentoilette wie gewohnt und rasierte sich. Dann klappte er das Rasiermesser zusammen, legte es auf den Waschtisch, wischte mit einem Handtuch die Rasierschaumreste weg und spritzte sich anschließend reichlich kaltes Wasser ins Gesicht. Wie jeden Morgen verteilte er schwarze Haarwichse aus einer kleinen Blechdose auf seinem Kamm, scheitelte zunächst von rechts nach links sein Haupthaar und anschließend von der Mitte über seiner Lippe ausgehend nach beiden Seiten den Schnurrbart. Er betrachtete sich im Spiegel. Sein Aussehen, wie er es von sich gewohnt war, schien wiederhergestellt zu sein. Die Tage in Würzburg hatten keine größeren Schäden hervorgerufen – zumindest nicht äußerlich. Dann versprühte er etwas Rasierwasser über Wangen und Hals, zog sich Hemd, Kragen, Schlips und Hose an und ging zum Schrank, um in den Anzug, seinen neuen Mantel und die Winterstiefel zu schlüpfen. Er setzte den Hut auf und verließ das Haus.

Draußen schneite es. Ganz langsam bildete sich eine dünne Schneedecke auf den Straßen und Gassen der Münchner Innenstadt.

20 Minuten später war Hiebler im Innenministerium.

Er ging direkt in den ersten Stock zum Büro des Ministers. In Vorzimmer sah er die ihm inzwischen bekannten älteren grauen Männer. Jeder saß an jeweils einem Schreibtisch. Alle trugen sie nur eine Weste, aber dafür Ärmelschoner. Göbele, der dickere der drei Sekretäre, erkannte Hiebler sofort.

»Der Herr Assessor Hiebler«, sagte er.

Er stand auf und eilte zu ihm. »Da sind Sie ja. Der Herr Minister hat sich schon nach Ihnen erkundigt. Wie lange waren Sie denn weg?«

»Zwei Wochen«, antwortete Hiebler.

»So lange? Dann hoffe ich mal, dass es die lange

Abwesenheit wert war«, erwiderte Göbele mit einem schelmischen Lächeln.

Hiebler verzog keine Miene.

»Ich habe meinen Bericht für den Herrn Minister dabei«, sagte Hiebler und zog das Kuvert aus seiner Manteltasche.

Göbele blickte auf das Kuvert. »Warten Sie mal, Herr Assessor«, sagte er. »Vielleicht können Sie den Bericht dem Herrn Minister gleich selbst übergeben. Er meinte, dass die Sache eilig sei.«

Göbele drehte sich um und klopfte kurz an die dunkle Eichentür am Ende des Raums. Er horchte an der Tür, dann öffnete er sie und betrat das Büro des Ministers.

Nach einem kurzen Moment kam er wieder zurück.

»Herr Hiebler, Sie dürfen jetzt eintreten«, sagte er lächelnd. »Seine Exzellenz, der Herr Freiherr von Feilitzsch, erwartet Sie.«

Hiebler legte Hut und Mantel an der Garderobe des Vorzimmers ab, richtete sich Schlips und Kragen, atmete tief ein und ging mit raschem Schritt durch die Tür.

Erneut war er überrascht, wie groß das Büro des Ministers war. Wie bei ihrem ersten Treffen saß der Freiherr von Feilitzsch an einem gewaltigen Schreibtisch. Hiebler blickte zunächst auf das Gemälde seines obersten Dienstherrn, den Prinzregenten Luitpold von Bayern, welches groß, prächtig und farbenfroh über dem kleinen, zarten Mann mit den Segelohren und der

Glatze hing. Der Minister blickte durch sein Monokel Hiebler entgegen.

»Kommen Sie näher!«, sagte er mit leiser Stimme.

Hiebler ging ein paar Schritte näher, machte eine Verbeugung und hielt dem Minister das Kuvert mit dem Bericht seiner Dienstreise hin.

Ohne ein Wort zu sagen, nahm sich Feilitzsch das Kuvert, öffnete es und zog das Blatt Papier heraus.

»Nicht viel länger als eine halbe Seite«, murmelte er. »Das gefällt mir! Ich hasse lange Berichte. Die wesentliche Information muss kurz und prägnant zusammengefasst werden. Wer Romane schreiben möchte, hat hier nichts verloren.«

Er legte das Papier auf seinen Schreibtisch, justierte sein Monokel neu, beugte sich vor und las die wenigen Zeilen.

Nachdem er mit dem Text durch war, sah er Hiebler an.

»Und das ist ganz sicher?«, fragte er.

»Das ist das Ergebnis meiner Ermittlungen nach bestem Wissen und Gewissen, Herr Minister«, antwortete Hiebler. »Wenn Ihre Exzellenz mich so direkt fragen, muss ich antworten: Ja, das ist sicher! Jöns Persson Lindahl hat sich selbst erschossen. Ursächlich war eine vorbestehende Melancholie, Ärger aufgrund einer mangelnden Unterstützung der Würzburger Bevölkerung bei dem Bauvorhaben des Ringparks sowie Einsamkeit basierend auf einer unglücklichen Liebschaft mit der Comtesse von Wachtmeister.«

Von Feilitzsch musterte Hiebler, der seinerseits keine Miene verzog.

Nach einer Weile zeichnete sich ein feines Lächeln auf dem Gesicht des Ministers ab.

»Habe ich Ihnen doch gleich gesagt, oder?«, fragte Feilitzsch.

Hiebler nickte kurz. »So ist es. Es war zweifelsohne eine Selbsttötung. So wie Ihre Exzellenz bereits vermutete!«, antwortete Hiebler.

»Und dafür haben Sie zwei Wochen benötigt?«, fragte Feilitzsch nach.

»Ich wollte eben sorgfältig vorgehen und keine Fehler machen, Herr Minister.«

Von Feilitzsch meinte kurz, einen leichten roten Schimmer auf Hieblers Wangen zu erkennen. Intensiv blickte er ihm in die Augen.

Dann lehnte er sich in seinem Stuhl zurück.

»Sagen Sie mal, Hiebler, wie hat Ihnen eigentlich der Silvaner geschmeckt?«, fragte er grinsend.

»Am Anfang sehr sauer, später dann immer besser, Herr Minister«, antwortete Hiebler. »Man kann unseren mainfränkischen Mitbürgern nur gratulieren, dass sie in der Lage sind, solch ein hervorragendes Getränk herzustellen.«

»Das heißt trockener Wein, nicht saurer. Weiterhin stellt man Wein nicht her, sondern man keltert ihn«, erwiderte Feilitzsch in belehrendem Tonfall. »Aber ich sehe schon, dass Sie gute Arbeit geleistet haben, Hiebler. Sie haben den Auftrag so erledigt, wie ich es von Ihnen erwartet habe. Aus Ihnen könnte noch mal etwas werden. Die erste Bewährungsprobe haben Sie auf jeden Fall bestanden.«

Hiebler verbeugte sich kurz. »Vielen Dank, Herr Minister!«

»Gut, das war es dann!«, sagte schließlich Feilitzsch. »Sie dürfen wieder gehen und Ihrer normalen Arbeit nachgehen. Ich kann mir vorstellen, dass da einiges liegen geblieben ist. Und rufen Sie, wenn Sie draußen sind, bitte Göbele rein. Wir müssen eine Antwortdepesche zum Reichskanzler nach Berlin schicken. Das Kanzleramt hat sich schon erkundigt. Man möchte den schwedischen Botschafter nicht zu lange warten lassen. Das Stichwort für Göbele lautet: Schwedische Depesche.«

Von Feilitzsch stutzte kurz, dann entkam seinen dünnen Lippen ein heiseres Kichern. »Nein, nicht Schwedische Depesche – besser Fränkische Depesche, oder noch besser: die Silvaner-Depesche!«, sagte er mehr zu sich selbst als zu Hiebler.

Er wandte sich wieder den Akten auf seinem Schreibtisch zu und signalisierte Hiebler mit einer Handbewegung, den Raum zu verlassen.

»Die Silvaner-Depesche – das trifft es doch hervorragend!«, murmelte der Minister kichernd vor sich hin.

Hiebler verließ den Raum und informierte Göbele, dass der Minister dessen Dienste in Anspruch nehmen wolle. Dann verabschiedete er sich höflich von den Herren im Vorzimmer, nahm Hut und Mantel und ging in sein Büro im vierten Stock des Ministeriums.

Er war von sich selbst überrascht, wie gut er lügen konnte. Keinen Augenblick hatte er gefürchtet, entlarvt zu werden. Auch hatte er kein schlechtes Gewissen seinem Dienstherrn gegenüber. Er hatte den Auftrag zur vollsten Zufriedenheit des Ministers erledigt. Außerdem konnte er sich nicht vorstellen, dass durch seine Lüge jemand zu Schaden kommen würde. Das Gegenteil wäre der Fall gewesen, wenn er die Wahrheit berichtet hätte.

Als Hiebler sein Zimmer erreicht hatte, hängte er Mantel und Hut an die zwei an der Tür befestigte Haken. Auf seinem Schreibtisch türmte sich ein Berg von zu bearbeitender Post.

»Erstaunlich, was sich so in zwei Wochen ansammeln kann«, dachte er laut. Er machte es sich in seinem Stuhl bequem und überflog die vielen Kuverts. Dann lehnte er sich zurück und starrte an die Decke.

Er musste an Würzburg und an Deschel denken, an Rosa, die Comtesse, die merkwürdige Geisterbeschwörung, an Knoll, den Fotografen, und natürlich auch an Siebert.

»Erstaunlich, was in zwei Wochen alles passieren kann. Dinge und Ereignisse treten ein, die man so niemals erwartet hätte.«

Er beugte sich wieder vor und öffnete seufzend den obenauf liegenden Hauspostumschlag.

»Und am Ende bleibt doch alles so, wie es ist.«

ENDE

Anmerkungen des Autors

Georg Hieblers erster Fall als Assessor im Innenministerium Seiner Königlichen Majestät, des Prinzregenten Luitpold von Bayern, ist somit abgeschlossen. Für den Autor als Alt-Münchner und Neu-Würzburger war es eine grandiose Erfahrung, sich mehr als 130 Jahre zurückzuversetzen und Personen, Gebäude und Umstände der damaligen Zeit in die Originalschauplätze hinein zu projizieren und somit wieder lebendig werden zu lassen.

Vieles hat sich verändert, aber Einiges ist doch gleich geblieben: die Straßen, Gassen und Gebäude der Würzburger Innenstadt, die Marienfestung und sogar der Hauptbahnhof. Auch das Haus in der Ludwigstraße 6, der Wohnort von Helena Blavatsky und der Comtesse von Wachtmeister, ist real – eine kleine Tafel an der Außenfassade erinnert an die Okkultistin und Gründerin der Theosophischen Gesellschaft. Nur wurde leider der Prachtbau im Gründerzeitstil während der desaströsen Bombardierung Würzburgs im März 1945 komplett zerstört. An gleicher Stelle steht jetzt ein Haus im nüchternen Stil der Fünfziger Jahre.

Der Ringpark hat sich hingegen fast gar nicht verändert. Lindahls Werk hat überlebt. Wer genau sucht, findet im Park auch ein Denkmal, das an den schwedischen Landschaftsarchitekten erinnert. Dieses Denkmal und die Recherche meines Sohnes für ein Schulreferat über den Ringpark waren auch die Quelle der Inspiration für die Geschichte.

Somit bin ich schon bei den Danksagungen:

Großen Dank an den Ideengeber Florian, meinen Testleserinnen Hermine und Eva, Herrn Helmuth Ziegler für die kritische Durchsicht, Überarbeitung und großartige Hilfe bei der Recherche, sowie dem gesamten Team des Gmeiner Verlags für die angenehme Zusammenarbeit und den netten, freundlichen und überaus fruchtbarer Austausch bis zur Fertigstellung des Buches.

Zu guter Letzt: Wird Georg Hiebler weiter ermitteln?

Ich denke schon! Die Zeit (Ende 19. Jahrhundert), die Handlungsorte (Würzburg und auch ein bisschen München) und die Personen (Hiebler, Deschel, von Feilitzsch und viele andere) bieten noch genügend Stoff für weitere Fälle.

Würzburg, 2021

Alexander Meining

Weitere Titel finden Sie auf den folgenden Seiten und im Internet:

WWW.GMEINER-VERLAG.DE